CW00405258

FOLIO JUNIOR

Avec mes remerciements à la bibliothèque de Reims
et en particulier à Delphine Quereux-Sbaï

Evelyne Brisou-Pellen

LES DISPARUS DE LA MALLE-POSTE

Gallimard Jeunesse

Pour Hélène

1
Le relais de poste

Le jeune homme sauta de cheval devant le relais de poste, et ses talons claquèrent sur les pavés. Il faisait presque nuit. Au-dessus de l'enseigne où galopaient deux cavaliers, on avait allumé la lanterne, surtout pour éclairer les écussons représentant le soleil et la lune, signe que le relais fonctionnait jour et nuit.

Soulevant son haut chapeau noir, le jeune homme s'essuya le front sur le parement rouge de sa manche. Il avait hâte d'ôter son uniforme de postillon, il était en sueur. Sept lieues au grand galop jusqu'au relais de Villiers, puis retour. Il détestait accompagner les chevaucheurs spéciaux des armées. Ces gens-là étaient toujours plus pressés que tout le monde et n'hésitaient pas à crever les chevaux sous eux. Bien entendu, les chevaux étaient le cadet de leurs soucis, puisqu'ils ne leur appartenaient pas. C'était à lui, Stan, qu'ils appartenaient... Enfin, à son oncle, Pancrace Rupaud, le maître de poste.

– Bon voyage, Stan ? interrogea une voix venant d'en haut.

Le jeune homme leva la tête vers la fenêtre de la loge qui coiffait le porche, et répondit au gardien :

– Rien de particulier. Tu connais les militaires. Pour

eux un civil n'est personne, et un postillon encore moins. Il n'a pas desserré les dents. Arrivé au relais de Villiers, il a sauté de sa monture sans même un *au revoir* ni un *merci*, et il a enfourché le nouveau cheval en jetant à peine un regard à l'autre postillon. Bon... Il faut dire qu'il venait de Paris à ce train d'enfer et allait jusqu'en Belgique pour rejoindre nos armées. À mon avis, il avait les fesses en sang. Ça met rarement en joie.

– En tout cas, tu n'es pas de bonne heure !

– J'ai pris le temps de laisser reposer les bêtes. Ce maudit chevaucheur me les avait tuées... La malle-poste* de Paris n'est pas encore arrivée ?

– Non, ça m'inquiète. Elle devrait être là depuis près d'une heure. Elle quitte le relais de Châtillon à cinq heures, et il en est bien huit, non ?

Stan fit signe qu'il n'en savait rien : le soleil s'étant couché, il n'était pas possible de lire l'heure sur le cadran solaire, et on ne pouvait plus compter sur les cloches de l'église depuis que la République avait supprimé la religion.

La tête du gardien disparut de la fenêtre et Stan jeta un coup d'œil sur sa droite, vers l'auberge, seule partie de l'immense relais de poste où l'on voyait de la lumière. Il en venait une délicieuse odeur de volaille rôtie, accompagnée de bruits de couverts et de bavardages, signalant que les voitures avaient déversé leurs voyageurs.

Stan aimait cette ambiance animée de gens déplacés, vivant soudain au jour le jour, dans l'inconfort et la précarité. Bien sûr, à cause de la guerre, il y avait moins de voyageurs, mais le relais de Tue-Loup était un des plus

---

* Voiture à cheval transportant la malle du courrier.

importants de la région, au carrefour des grandes voies qui joignaient le nord au sud, et Paris aux frontières de l'est.

Il passa entre ses chevaux pour dénouer la courroie qui les maintenait attachés ensemble puis, une bête de chaque côté, il pénétra sous le porche.

Une silhouette surgit alors brusquement devant lui et se mit à gesticuler avec expressivité.

– Salut, Hyacinthe ! lança Stan. Oui, je sais que tu veux t'occuper des chevaux, mais ça m'étonnerait que...

– Hyacinthe ! cria à cet instant la voix du maître de poste. Où es-tu encore passé ? Tu crois que la broche va tourner toute seule ?

Stan eut un petit sourire désolé.

– Tu vois, tu n'as pas encore l'âge, pour les chevaux.

Le garçon prit un air boudeur et indiqua avec ses mains qu'il avait déjà onze ans, ce qui était beaucoup s'avancer. Hyacinthe était un enfant trouvé et, quand l'oncle Pancrace l'avait recueilli, l'hiver 1787, il semblait âgé d'environ quatre ans, sans qu'on soit sûr de rien puisqu'il ne parlait pas. Comme on était maintenant en 1794 (ou plutôt en l'an II de la République) il pouvait effectivement en avoir onze... Encore qu'il soit haut comme trois pommes et pas plus gras qu'un clou à ferrer.

– Tiens, proposa Stan en désignant les grosses bottes de bois et de cuir qui pendaient à sa selle, je te laisse t'occuper de mes bottes de sept lieues.

Hyacinthe indiqua avec ses doigts le nombre vingt-huit.

– Tu as raison, rectifia Stan, aujourd'hui on parle en kilomètres. (Il grimaça). Bah... *mes bottes de vingt-huit kilomètres*, ça n'a aucun style. Tu vois le petit Poucet enfiler des *bottes de vingt-huit kilomètres* ? Ridicule ! ...

Arrête de rigoler… Qu'est-ce que tu dis ? … Qu'en échange du nettoyage de mes bottes tu veux que je te raconte *Le Petit Poucet* ? Bon, si tu veux. Ce soir, après le repas.

S'approchant du cheval, Hyacinthe détacha les lourdes bottes, qui tombèrent aussitôt sur le sol avec un bruit sourd. Il glissa ses pieds à l'intérieur. Il n'avait pas besoin pour cela d'ôter ses galoches, puisque Stan lui-même – beaucoup plus grand que lui – pouvait les enfiler avec ses chaussures.

– Hyacinthe ! s'énerva Pancrace.

Le jeune muet eut une grimace dépitée, puis il tourna les talons et se dirigea vers les cuisines en avançant en canard. C'est que ces bottes n'étaient pas vraiment faites pour marcher, juste pour protéger les jambes du postillon si le cheval se renversait sur lui.

Hyacinthe songea que, lui aussi, il aurait des bottes de sept lieues, quand il serait grand, quand il serait postillon. Car il deviendrait postillon. Ou alors courrier. Courrier, il aimerait bien aussi. La différence avec postillon, c'est qu'on était responsable des lettres sur la totalité du trajet, et qu'on changeait de cheval toutes les sept lieues. Le postillon, lui, était attaché à un relais. Il accompagnait le courrier jusqu'au relais suivant, et ramenait ensuite le cheval chez lui. Le courrier voyait donc plus de pays… Seulement il ne connaissait pas les chevaux qu'il montait, et ça, c'était dommage. Postillon ou courrier ? Il faudrait qu'il y réfléchisse.

Stan regarda le garçon disparaître. Pourquoi voulait-il toujours l'histoire de Poucet ? À cause des *bottes de sept lieues* ? Pas sûr… Peut-être plutôt parce qu'il avait été abandonné par ses parents. Non pas dans la forêt, mais sur un bord de route, ce qui n'était pas mieux. Il faut dire qu'on avait vécu des années de misère noire et de famines épouvantables.

Stan défit le brassard de cuir qu'il arborait au bras gauche et sur lequel était fixé l'écusson métallique portant le nom de son relais de poste – Tue-Loup – et, au centre, le chiffre 1, ce qui signifiait qu'il était le premier postillon de ce relais.

Aujourd'hui, cela n'avait plus vraiment d'importance, vu que le nombre de postillons de Tue-Loup était tombé de neuf à trois. Restrictions de temps de guerre. L'armée avait réquisitionné la moitié des chevaux et laissé peu d'hommes pour les mener, ce qui imposait à chacun la responsabilité de six bêtes, contre quatre autrefois.

– Stan, s'informa Pancrace en apparaissant à la porte de la cuisine, la malle-poste n'est toujours pas là ?

– Apparemment. Elle a peut-être cassé une roue et, le temps de réparer…

Bien que Pancrace se tienne dans la cuisine, son ventre proéminent débordait comiquement de la porte. Son gros visage ruisselait de sueur et il l'épongeait avec son tablier blanc taché de graisse. Stan songea que son oncle avait bien changé. Avant la Révolution, jamais il n'aurait mis la main à la cuisine, il était le *maître de poste*, un personnage important et respecté. Seulement voilà, la révolte avait soufflé sur le pays et on avait guillotiné le roi Louis XVI. Alors les rois étrangers s'étaient jetés sur la France dans l'intention de la tailler en pièces, et tous les jeunes gens avaient été enrôlés dans l'armée pour défendre les frontières. Du personnel, il n'y en avait plus guère.

Finalement, Pancrace Rupaud avait très bien pris la chose. Il était POUR la Révolution, et se salir les mains aux fourneaux ne lui faisait pas peur.

– Plus d'une heure de retard, déjà ! bougonna le maître de poste. Je n'aime pas ça, mais alors pas du tout. La malle-poste doit être à l'heure, il en va de la réputation des Postes, donc de moi-même.

– Tu t'inquiètes peut-être inutilement, rassura Stan. Si tu veux, dès que j'aurai pansé les bêtes, j'irai à sa rencontre.

2
Deux heures de retard

Tout en essuyant distraitement ses mains sur son vaste tablier, Pancrace suivit des yeux son neveu qui s'éloignait vers le grand bassin circulaire, au centre de la cour. Vraiment, c'était un jeune homme superbe. Brun, mince, élégamment sanglé dans sa veste bleue de postillon (qui ressortait si bien sur la culotte et les guêtres de toile écrue), l'allure décidée. Et, avec ça, toujours de bonne humeur, toujours attentionné. S'il avait encore eu le droit de croire en Dieu, Pancrace aurait dit qu'il avait été généreux avec lui, en lui donnant le meilleur neveu qu'on puisse rêver.

Comme souvent, après ça, il eut un petit pincement au cœur. À cause de la mort de sa sœur et de son beau-frère, les parents de Stan, cinq ans auparavant. Il chassa vite cette pensée qui lui faisait perler la sueur au front. Il fallait qu'il cesse de se sentir coupable. Il n'était pas fautif ! C'était la fatalité, voilà tout. D'ailleurs, pendant cet été 1789, on ne contrôlait plus rien…

À cette époque, Stan avait quinze ans. Pancrace l'avait pris chez lui avec joie, d'autant que sa femme, aujourd'hui décédée, n'avait jamais pu avoir d'enfants. En le recueillant, il lui avait d'ailleurs probablement sauvé la vie, car tous les jeunes gens de dix-huit à vingt-cinq ans étaient maintenant partis pour la guerre, à l'exception des postillons dont le pays avait tant besoin pour sa *Poste aux Chevaux*.

Oui... les choses étaient bien ainsi. Si sa sœur et son beau-frère vivaient encore, Stan serait aujourd'hui soldat, et peut-être déjà mort.

Et puis Stan serait son héritier. Il lui laisserait la totalité de sa fortune, et cette simple pensée le consolait de devoir mourir un jour.

– Pancrace ! appela derrière lui une petite voix suraiguë.

Le maître de poste rentra dans la cuisine en laissant la porte ouverte pour donner un peu d'air. Bien que le ciel ne le rappelât pas vraiment, on était en été.

– Qu'est-ce qu'il y a, mère ? s'informa-t-il avec un peu d'agacement.

La vieille dame avait sans cesse besoin de lui. À soixante-dix ans, elle fatiguait. Et elle le fatiguait.

– Je ne trouve plus de pain.

– Tu as déjà distribué tout ce que je t'ai donné ?

– Oui.

– Sacredieu ! Et il n'y en a pas en réserve ! Si la malle-poste arrive avec des voyageurs, comment allons-nous faire ? Je te l'avais dit. Pas plus de cent grammes de pain par personne et par repas, c'est la loi. Ce n'est pas moi qui fais les lois !

– Mais pourquoi on a si peu ? gémit la vieille dame.

– Tu le sais bien, sacristi ! On vit encore sur les récoltes de l'an dernier, et elles ont été très mauvaises à cause de la sécheresse. Rappelle-toi, la rivière n'était plus qu'un filet d'eau et les moulins ne tournaient plus.

– Ah oui... Ah oui... je me souviens. Ce n'est pas comme cette année, on est à la mi-juillet et il pleut.

– On n'est pas en juillet, mère, on est en messidor.

– Tout ça c'est du charabia.

– Tu ne fais aucun effort ! Nous sommes entrés dans une nouvelle ère, celle de la République, et nous voilà à la fin du mois de messidor de l'an II.

– Oui, bougonna la vieille dame, ça ne change rien au temps.

– Au temps qu'il fait, non, mais aux temps qu'on vit, oui. Nous vivons au temps de la liberté. La LIBERTÉ, tu en as entendu parler, non ? Qu'est-ce que la liberté, Hyacinthe ?

Il n'attendit pas que le marmiton réponde, puisque la nature ne l'avait pas doué de la parole.

– La liberté, reprit-il en martelant ses mots, c'est de pouvoir faire ce qu'on veut. Dans la mesure où cela ne nuit pas à autrui.

– Je ne me sens pas plus libre qu'avant, fit remarquer la vieille dame.

– Toi, évidemment, s'emporta Pancrace, en versant de la farine dans une casserole, tu as toujours été libre. Grâce aux privilèges que j'avais en tant que maître de poste ! Mais, dans la campagne, les gens étaient très malheureux. Ils peinaient tout le jour sur la terre, et pour quoi ? Pour engraisser leur seigneur en lui payant le cens, le roi en lui versant la taille, l'Église en lui donnant la dîme, sans compter qu'il fallait débourser encore pour faire paître les animaux, pour passer sur les ponts et sur les chemins, pour utiliser le moulin, le four, le pressoir… De leur travail, il ne leur restait presque rien et ils crevaient de faim. Quand tu penses que seuls les riches ne payaient pas l'impôt ! Tu trouves ça normal ?

– Toi non plus, tu ne payais pas d'impôt.

– C'est pour ça que je peux dire que ce n'était pas normal. Aujourd'hui, nous vivons dans un monde nouveau.

Nous sommes tous égaux, nous avons les mêmes droits et les mêmes obligations. Et nous sommes libres.

La vieille dame considéra un instant son fils et demanda soudain :

– Hyacinthe aussi ?

– Naturellement, Hyacinthe aussi !

– Libre de quoi ?

– Libre de décider de sa vie.

– Il peut s'en aller s'il veut ?

Tout en tournant la broche à laquelle rôtissaient trois vieilles poules plutôt coriaces, Hyacinthe suivait la conversation avec intérêt.

– Et qu'est-ce qu'il ferait ? s'inquiéta la vieille dame. De quoi est-ce qu'il vivrait ?

Pancrace eut un geste impatient.

– La question n'est pas là. La question est que c'est lui qui choisit. Et d'ailleurs, il n'est pas malheureux ici, hein Hyacinthe ?

Le garçon fit quelques grimaces et dessina dans l'air la forme d'un cheval.

– Sûrement pas, répliqua Pancrace. Tu t'occuperas des chevaux quand tu seras grand. Pour l'instant, c'est à la cuisine que j'ai besoin de toi. Et continue à tourner, corbleu, ça va brûler !

Le visage de Hyacinthe se ferma.

– Maintenant, reprit le maître de poste en battant vigoureusement le lait avec la farine, on n'obligera plus personne à se faire moine ou religieuse. Et si on n'est pas content de sa femme ou de son mari, on peut divorcer.

La vieille dame eut une grimace choquée, mais ne répondit pas. La porte donnant sur la salle d'auberge venait de s'ouvrir sur une servante, grande et maigre, qui s'informa :

– Les volailles sont prêtes ? On a faim, là-dedans !

– Faim ! grogna Pancrace, ils ont toujours faim. Chez eux, ils doivent se démener comme des diables pour trouver de quoi manger et, en voyage, ils voudraient que tout leur tombe rôti dans la bouche. Comme si c'était plus facile pour nous !... Bon, je crois que ces bestioles sont cuites, Rosalie. Aide donc le gamin à les sortir de la broche.

– À propos de broche, répliqua la servante, il y a un voyageur, là, qui dit qu'à Paris, on en fait qui représentent la prise de la Bastille.

– Hein ? s'ébahit Pancrace. Et comment tu enfiles ta volaille dessus ?

Rosalie éclata de rire.

– Pas une broche comme ça, je veux dire un bijou... J'aimerais bien en avoir une.

– Ah !... Moi, j'aimerais acheter carrément une des pierres de la Bastille. J'en ferais une borne, devant mon auberge, et tout le monde saurait que c'est le relais d'un bon républicain.

– Vous avez raison, approuva Rosalie, ça ferait bien...

– *Tu* as raison ! gronda Pancrace. Tu sais que le tutoiement est obligatoire. Nous sommes tous égaux.

– C'est vrai, se reprit Rosalie en essuyant ses mains dans son tablier à rayures tricolores. C'est la force de l'habitude.

– Bon. Et sois prudente en distribuant les parts, ne fais pas comme la grand-mère. Gardes-en un peu pour les voyageurs de la malle-poste. Elle n'est toujours pas arrivée, celle-là ?

– Pas plus de malle-poste que d'or dans ma poche.

Le maître de poste secoua la tête d'un air préoccupé. Plus de deux heures de retard...

3
Mauvaise surprise

Assis au bord du bassin, Stan regardait boire ses chevaux d'un air rêveur. Il paraissait les surveiller, cependant son esprit était ailleurs. Il songeait... Oui, il songeait à cette jeune fille qu'il avait rencontrée au relais de Châtillon la veille au soir. Sur le passeport qu'elle avait montré au maître de poste, il était écrit : « Hélène Ferré ». Elle était accompagnée d'un homme plus âgé qui pouvait être son père, mais aussi, malheureusement, son mari (le cœur de Stan se serrait à cette idée), et d'un garçon de douze ou treize ans qui lui ressemblait. Son frère ? Il ne portait pourtant pas le même nom de famille. Stan enrageait de n'avoir pas pu apercevoir celui de l'homme plus âgé

Hélène. Depuis la veille au soir, ce prénom ne cessait de tourner dans sa tête. Il occupait ses pensées sans arrêt. Et la personne qui allait avec, aussi. Stan voyait sa taille fine et souple, soulignée par sa ceinture aux trois couleurs révolutionnaires. Quand elle s'était penchée pardessus le bureau du maître de poste pour tendre son passeport, le bas de son élégante robe paille avait découvert de fines sandales de cuir lacées sur d'adorables petits pieds bien dessinés.

Hélène. Comme les deux hommes qui l'accompagnaient, elle portait à son chapeau la cocarde tricolore obligatoire. En apparence, tout était normal. Pourtant…

Stan tendit l'oreille. À droite, la halle aux diligences était silencieuse mais, côté écurie, il y avait de l'agitation. Une bagarre ?

Il planta là ses chevaux (rien à craindre, ils étaient trop fatigués pour lui jouer des tours) et marcha à grands pas vers l'origine du bruit. On aurait dit qu'un cheval était en train de donner des coups dans une cloison.

Un coup d'œil rapide sur toute la longueur de l'écurie lui apprit qu'il ne manquait que ses deux chevaux, Union et Liberté. (Son oncle avait tenu à changer leurs noms d'origine pour ceux des grandes valeurs révolutionnaires.)

Stan fronça les sourcils. Il y avait pourtant un cheval dans une de ses stalles… Victorieux ! Et c'est lui qui menait ce tapage. Mal attaché, il essayait de mordre son voisin par-dessus le bat-flanc qui les séparait.

– Ooooh ! lança Stan d'un ton autoritaire.

La surprise ne calma l'excité qu'un court instant. Il recommença très vite à taper dans le bat-flanc en poussant des rugissements de fauve. Pourquoi se trouvait-il dans une stalle qui n'était pas la sienne ? Et, en plus, à côté de Révolution qu'il avait toujours considéré comme un rival ?

Stan regarda autour de lui avec colère. Celui qui avait commis cette énorme bourde était forcément Claude, le troisième postillon, puisque Victorieux appartenait à son attelage.

– Tout doux ! Tout doux !

Le cheval ne voulait rien savoir. Pas question de pénétrer dans la stalle, sinon c'était le coup de sabot assuré.

Restait que, si le cheval ne se calmait pas, il allait finir par s'empêtrer dans les planches de séparation et se fracturer un membre.

Révolution, d'ordinaire plutôt paisible, commençait à quitter la réserve effrayée qui, dans un premier temps, l'avait maintenu le plus loin possible de son agresseur. Il faut dire qu'il était aveugle, et donc peu enclin à se battre avec un ennemi qu'il ne voyait pas. Il soufflait maintenant par les naseaux avec énervement. Dans quelques secondes, il riposterait au hasard, et il risquait de se blesser aussi.

Stan se saisit du couvercle du coffre à grain et, l'urgence décuplant ses forces, le glissa au-dessus de la cloison, empêchant ainsi Victorieux de voir son voisin.

Furieux, le cheval secoua la tête et piétina sur place dans une sorte de danse menaçante, avant de s'apaiser peu à peu. Stan réussit à bloquer la planche entre le mur du fond et le poteau qui délimitait la stalle, et se faufila près de Révolution.

– Tout va bien, chuchota-t-il en passant le bras autour de l'encolure de l'aveugle. Là… là… Tout va bien.

Il frotta son front sur la forte mâchoire. Il se sentait encore secoué. S'il était arrivé quelque chose à Révolution…

Il ravala sa salive. Cette scène avait ravivé en lui de vieilles douleurs, intolérables. Il se força à respirer posément. Maintenant, il fallait s'occuper de Victorieux, le ramener à sa place.

C'est au moment où Stan allait faire rentrer Victorieux dans sa stalle, qu'il s'aperçut qu'elle était déjà occupée. Par Claude. Vautré sur la paille souillée par ses vomissements, le troisième postillon ronflait comme un soufflet de forge.

Une odeur d'alcool flottait dans l'air. Alors, la colère si longtemps contenue envahit Stan, et il envoya un grand coup de pied dans les chaussures boueuses en criant :

– Claude ! Sors de là !

L'autre bougea un peu, sans pour autant ouvrir les yeux.

– On a failli avoir un accident grave. Si on perd un cheval, c'est toi qui vas le remplacer, bougre d'imbécile !

Au deuxième coup de pied, Claude émit un grognement et se redressa. Une quarantaine d'années, sale comme un peigne, un visage rougeaud, grêlé de marques de petite vérole.

– Quoi ? aboya-t-il d'un ton ulcéré.

– Tu es encore complètement saoul ! Comment peut-on confier des chevaux à un type comme toi ?

Stan nota que Claude ne portait qu'un demi-uniforme (la veste), et ce simple manquement, ajouté à son ivrognerie avérée, pouvait lui coûter sa place de postillon.

– Tu t'es trompé de stalle pour tes chevaux, poursuivit-il en tentant de reprendre son sang-froid. Et, surtout, tu as mis Victorieux à côté de Révolution.

– Et alors ?

– Et alors ? Victorieux déteste Révolution ! Et puis les chevaux aiment être à *leur* place, avec *leur* mangeoire et *leur* râtelier à foin. Et tu sais parfaitement qu'il faut les laisser par attelage. Ils ont leurs amis, comme nous ! Où as-tu appris le métier de postillon ?

Claude eut un geste agacé et se rallongea. Sans hésiter, Stan le saisit par les pieds pour le tirer dans l'allée. Un instant, il eut la tentation de le laisser tomber dans la rigole centrale qui charriait l'urine… Il se contenta finalement de le lâcher sur les pavés humides. L'autre se rendormit aussitôt.

– Qu'est-ce qui se passe ? s'informa Yves en entrant.

Yves n'était que palefrenier, il n'avait que dix-sept ans, pourtant Stan avait mille fois plus confiance en lui qu'en son troisième postillon. Il désigna simplement Claude étendu par terre.

– Encore ! soupira le palefrenier.

– Et il avait mis Victorieux près de Révolution.

– Hein ? Faut pas être malin pour se tromper de stalle à ce point !

– Il n'était pas assez lucide pour s'en apercevoir.

– Il aurait au moins pu voir que c'était de l'avoine, qu'il y avait par terre. Or, à Victorieux, je ne mets que de la paille, parce qu'il a une robe très claire et que l'avoine, ça tache.

– Si tu crois que Claude remarque ce genre de choses !

Yves haussa les épaules avec colère, puis se saisit d'une fourche en grognant :

– Attends avant de rentrer Victorieux. Je vais lui refaire un peu sa litière. Ce saligaud de Claude l'a foutue en pagaille.

Tandis qu'il remuait énergiquement la paille pour l'étaler de façon égale, Stan remarqua une fois de plus son étonnant coup de main. Son oncle avait raison, rien ne valait les Bretons pour s'occuper des chevaux.

– Faut qu'il dorme bien, commenta le jeune palefrenier, il doit partir de bonne heure pour emmener la malle-poste.

– La malle-poste n'est pas encore arrivée, informa Stan.

– Ah ! je trouvais bizarre, aussi, qu'on ne m'ait pas amené les chevaux à l'écurie de repos. J'ai cru qu'ils étaient repartis aussitôt, ça m'a étonné.

Laissant Victorieux aux bons soins du palefrenier, Stan retourna à la stalle de Révolution pour achever de le rassurer. Le cheval s'était calmé et mâchonnait maintenant du foin d'un air pensif.

Contrairement aux autres chevaux de l'écurie, Révolution n'était ni un percheron ni un breton, mais un boulonnais blanc. Pour tirer la malle-poste, Stan l'attelait souvent avec les deux percherons qui attendaient près du bassin, et dont la robe d'un gris moucheté se mariait parfaitement avec la sienne.

Et puis ils s'entendaient bien, tous les trois. C'était important, surtout parce que Révolution était aveugle et ne pouvait donc pas sortir seul. Attelé avec les percherons, il était aussi efficace que n'importe quel autre. Stan ignorait ce qu'Union et Liberté savaient ou ne savaient pas à ce sujet, mais on aurait dit qu'ils maternaient l'aveugle. Ils s'arrangeaient pour qu'il ne se prenne pas les pieds dans les cailloux, le débarrassaient de ses poux régulièrement, et défendaient sa ration si un autre cheval faisait mine de lorgner dessus.

Stan avait ramené Union et Liberté dans leur stalle, les avait dessellés, étrillés, brossés, bouchonnés. En examinant ensuite leurs sabots pour en déloger épines ou cailloux, il s'aperçut que ceux de Liberté étaient chauds. Trop dure journée. Avec une poignée de paille, il saisit un crottin frais et le bourra dedans avant de bander le tout solidement.

Un moment, il resta agenouillé là, sans bouger. Ce bandage lui en rappelait un autre...

Il passa distraitement la main sur son épaule, à l'endroit où elle portait une grande cicatrice boursouflée. Une sensation d'oppression l'envahit. Il entendit des cris dans sa tête, il vit des lueurs rouges dans le ciel. Il...

– Ça va, Stan ?

Le palefrenier, qui passait avec un seau d'eau, venait de s'arrêter près de lui.

– Oui… oui… Juste un peu fatigué.

Stan se releva en ajoutant qu'il allait manger et que ça lui ferait du bien, et il quitta l'écurie sans même saluer ses chevaux. Yves remarqua qu'il avait oublié dans la stalle de Liberté tout son matériel de pansage : brosse, éponge, ciseaux… Ça ne lui ressemblait vraiment pas. Le palefrenier secoua la tête avec découragement.

– Et qui c'est qui va ranger ? soupira-t-il. C'est Yves, évidemment.

Il reprit le seau et se dirigea vers les stalles du fond. Claude ronflait toujours, bouche ouverte, dans l'allée. Yves ne put s'en empêcher… Il lui jeta l'eau à la tête et, sans s'occuper de ses cris, ressortit pour remplir de nouveau son seau. C'était double travail, mais ça soulageait franchement.

Quand Stan pénétra dans la salle de l'auberge, il n'y restait plus que deux voyageurs, qui jouaient aux échecs sur la table où veillait une lampe à huile. Tous les autres, épuisés par les cahots de la route, étaient partis se coucher.

– Échec au tyran ! cria un joueur d'un air triomphant en posant son fou sur l'échiquier. J'ai gagné !

Hyacinthe battit joyeusement des mains.

– Bravo, citoyen, lança Pancrace. Voilà qui est envoyé ! Maintenant je crois qu'il est temps d'aller vous coucher, la diligence repart aux aurores.

Les deux voyageurs poussèrent des gémissements à ce cruel rappel, allumèrent chacun une chandelle à la lampe à huile, et s'éloignèrent vers l'escalier en commentant leur partie.

Stan interrogea alors son oncle du regard. Pancrace répondit en secouant la tête négativement : la malle-poste n'était toujours pas arrivée. Or il faisait grand-nuit. Trois heures de retard.

Stan se coupa un morceau de fromage et une tranche de pain et sortit par la porte qui donnait sur la rue.

– J'ai un mauvais pressentiment, souligna son oncle en le suivant.

– Dès que j'aurai fini de manger, j'irai voir ce qui se passe. Ils ont peut-être eu un accident, et besoin d'aide.

– Il reste des chevaux assez frais ?

– Je prendrai un breton, répondit Stan comme une évidence.

Pancrace hocha la tête. Ces petits postiers bretons étaient solides comme le granit, courageux, et on pouvait toujours compter sur eux. Et puis ils avaient le pied sûr, ce qui n'était pas négligeable.

– Écoute... Tu n'entends rien ? Des roues et des sabots...

Stan tendit l'oreille.

– Les chevaux ne vont pas au galop, nota-t-il, ce n'est pas la malle-poste.

Les yeux fouillant l'obscurité, les deux hommes fixèrent le bout de la rue. C'est alors que sortirent de la nuit trois chevaux de couleur claire, comme ceux de la poste, qu'on devait pouvoir distinguer dans le noir. Il n'y avait pas de postillon sur la selle. Personne non plus sur le siège avant. Les chevaux paraissaient désemparés, passant du pas au trot dans la plus grande confusion. Et la voiture n'était ni un coche ni un carrosse, mais un long tunnel d'osier, monté sur deux grandes roues. La malle-poste !

4

Malle-poste fantôme

Les chevaux s'immobilisèrent devant le relais. Par la force de l'habitude, car il n'y avait plus personne pour les mener. Stan saisit vite le porteur* par les rênes et lui tapota l'encolure pour le rassurer.

– C'est bien l'attelage du relais de Châtillon, confirma-t-il. Pourvu qu'il ne soit rien arrivé de grave au courrier ni au postillon !

Pancrace s'était déjà précipité vers la voiture et, malgré son embonpoint, il grimpa avec souplesse sur le siège du postier.

– Entièrement vide ! s'exclama-t-il en regardant à l'intérieur.

– Et la malle du courrier ?

– Elle a disparu. Tout a disparu. Vertu de ma vie ! La malle-poste a été attaquée !

La tête du gardien passa alors par la petite fenêtre, au-dessus du porche.

– Des brigands ? s'inquiéta-t-il.

– Qui veux-tu ? Ils sont par dizaines dans les bois, à guetter le premier mauvais coup à faire.

---

* Cheval de l'attelage normalement monté par le postillon.

– Oui, mais pourquoi la malle-poste ? S'ils veulent détrousser quelqu'un, n'importe quelle voiture de voyageurs est plus intéressante.

– La malle-poste transportait probablement aussi des voyageurs, répliqua Pancrace.

– Si c'est à eux qu'ils en voulaient, intervint Stan, pourquoi avoir volé la malle du courrier ?

– Elle contenait peut-être de l'argent. Les gens ne sont pas raisonnables, ils en glissent parfois dans les lettres. Sacredieu ! Elle contenait peut-être beaucoup d'argent !

Suffoqué par cette découverte, Pancrace regarda fixement son neveu. Et si on avait volé une somme énorme ?... La solde de l'armée, par exemple ! Sur le territoire de son relais !

La frayeur le saisit. Devait-il avertir immédiatement les services de poste ? Comment savoir ce qu'il y avait dans cette malle ?

Il descendit de la voiture, courut chercher une lanterne, et revint aussitôt pour la promener sur le plancher de bois. Il ne restait rien. Absolument rien. Pas même un mouchoir perdu ou un papier échappé.

Il allait redescendre lorsqu'il remarqua, sous la banquette avant, quelque chose qui dépassait. Il dégagea l'objet. Il s'agissait d'un livre en forme de grand portefeuille de cuir : le registre de doléances sur lequel les passagers pouvaient inscrire leurs récriminations.

Les mains moites, il l'ouvrit.

Le registre appartenait bien au relais de Châtillon. Il n'y avait que quelques lignes, et qui dataient du mois précédent. Un voyageur se plaignait des mauvaises suspensions de la voiture : « On se croirait dans un panier à salade », écrivait-il. Rien d'original. Pour le reste, sur chaque page était inscrit le trajet accompli chaque jour, le nom du postillon, celui des chevaux, celui des voyageurs. Pancrace feuilleta rapidement jusqu'à la date du jour : « 28 messidor, an II ». Heure de départ de Châtillon : « 5 heures du soir ».

– Il y avait malheureusement des passagers, annonça-t-il.

– Plusieurs ?

– Trois : « Georges Versanges, Louis Versanges, Hélène Ferré ». Pas des gens d'ici.

Pancrace ne remarqua pas la pâleur de Stan. Le registre sous le bras, il remit pied à terre en commentant :

– Il n'y a plus rien à faire pour ce soir, qu'à rentrer la voiture. On va patienter un peu, voir si des nouvelles nous arrivent. Si demain midi on n'a rien, on la mènera comme prévu jusqu'à Villiers. C'est toi qui devais y aller ?

– Non, c'est Claude. Moi, dès le lever du jour, je partirai sur Châtillon. Il y a peut-être des blessés qui attendent.

– Ne te mets pas en danger ! Avec des brigands dans le coin…

– Je prendrai Sarrasin. Sa robe est très sombre, discrète, et tu sais comme il est rapide. Un vrai boulet de canon. Avec lui, je ne crains rien.

– Oui.… oui…, lâcha Pancrace d'un air préoccupé et peu convaincu.

À cet instant, il s'aperçut que Hyacinthe venait d'enfourcher le porteur de la malle-poste. Avait-il la prétention de rentrer lui-même les chevaux ?

– Toi, tu devrais être au lit ! tonna-t-il, déversant sur son marmiton toute son angoisse et sa colère. Demain, tu es debout à l'aube, tu le sais, ça ?

Il tira le gamin par la manche de sa chemise et le fit tomber sur le sol. Au lieu de gémir, Hyacinthe se releva d'un bond et désigna d'un doigt furieux le cadran solaire.

– Quelle heure il est ? Je n'en sais rien et tu n'as pas besoin de le savoir non plus ! s'emporta Pancrace. Tu obéis, c'est tout.

– Il ne demande pas l'heure, intervint Stan, il montrait ce qui est inscrit au-dessus du cadran. « POSTE ~~ROYALE~~ DE LA RÉPUBLIQUE ». « Royale » est barré, nous sommes en République, sous le régime de la liberté et de la résistance à l'oppression.

– Quelle oppression ? se fâcha Pancrace. Je lui dis d'aller se coucher, c'est pour son bien. Quand il sera raisonnable, je n'aurai plus besoin de le commander.

Stan lança à Hyacinthe un regard désarmé.

– Mon oncle n'a pas complètement tort, il ne te reste déjà plus que cinq heures de sommeil et, à ton âge, c'est trop peu. Si tu veux, demain, quand je rentrerai, je te laisserai t'occuper de Sarrasin et faire quelques tours de cour avec lui.

– S'il a fini son travail ! corrigea Pancrace en bougonnant.

Cependant sa colère était retombée, et il s'inquiétait de nouveau pour la malle-poste et ceux qu'elle transportait.

Hyacinthe eut un sourire triomphant. Il prit le cheval porteur par la bride et fit rentrer l'attelage sous le porche. Pancrace n'y prêta pas attention.

Stan se réveilla en sursaut. Il avait fait le même cauchemar que toujours, celui où des diables rouges et jaunes grimaçaient au-dessus de son visage. Le pire, c'était l'impossibilité qu'il ressentait alors de hurler, ou de courir. Aucun son ne sortait de sa bouche et ses jambes refusaient de le porter.

Il se redressa. Quelque chose soufflait sur lui…

Ah ! Il n'était pas dans son lit, mais dans l'écurie, allongé dans le coffre à avoine. Et au-dessus de lui, la lanterne éclairait la tête d'un cheval.

Sarrasin ! Malin comme un singe, celui-là ! Il avait encore réussi à se détacher pour venir voler de l'avoine.

– Mauvaise surprise ! ironisa Stan à voix basse, à l'intention du cheval.

Il s'extirpa du coffre et en referma le couvercle, silencieusement pour éviter que le bruit n'attire l'attention des chevaux et ne les énerve.

– Tu tombes bien, reprit-il. Justement, j'ai besoin de toi ce matin. Viens, que je t'habille.

En vrai postier breton, Sarrasin avait bon caractère. Délaissant le coffre à grain, il suivit son maître sans rechigner.

– Je compte sur toi, chuchota Stan en posant la selle sur son dos. Il faut qu'on retrouve Hélène... Ça te paraît bizarre que je l'appelle par son prénom ? C'est joli, hein, *Hélène*. Et l'homme, il ne s'appelle pas comme elle, il n'est donc sans doute pas son mari. Enfin j'espère... Tu t'en moques ? Pas moi. Pourvu qu'il ne lui soit rien arrivé... Non, je ne la connais pas, bien sûr. Enfin, pas plus que ça. Je ne sais même pas si elle a pris le temps de me regarder, et maintenant...

Il soupira et saisit le pot de graisse pour enduire les sabots du postier breton. Il ne savait pas ce que serait sa journée et, quoi qu'il en ait dit à son oncle, elle risquait d'être longue et agitée.

De la buanderie venaient des raclements de marmite signalant que le palefrenier s'occupait de cuire la nourriture des chevaux. Stan prit Sarrasin par la bride, s'arrêta près du coffre pour remplir son sac à picotin, et gagna la sortie.

Les premières lueurs faisaient pâlir la nuit, qui virait au gris sale. Stan et Sarrasin se dirigèrent vers le porche ouvrant sur la route de Châtillon.

– Qui va là ? cria une voix, depuis l'étage.

– Stan, répondit le jeune homme à voix basse sans voir où se tenait le gardien.

Les bâtiments du relais étant disposés en un carré fermé autour de la cour, le gardien pouvait en effectuer le tour par des passages sous les toits, et surveiller aussi bien l'intérieur que l'extérieur. Son grand plaisir était d'interpeller les postillons de n'importe quel endroit, pour s'amuser de leur perplexité.

– Tu veux que je te débloque la porte ? demanda-t-il.

– Pas encore. Il fait trop sombre. Je vais manger un peu en attendant le lever du jour.

– Eh ! J'entends du bruit de l'autre côté.

Il y eut un silence, puis Stan perçut quelque chose à son tour : le crissement de la porte de l'auberge. Ce n'était pas vraiment étonnant (le relais de poste se devait d'être ouvert et allumé toute la nuit), cependant il était rare que quelqu'un arrive à l'aube. D'autant que les transporteurs privés ne pouvaient circuler que de jour, *entre deux soleils.* Un courrier à cheval ? Il aurait obligatoirement annoncé son arrivée par un coup de trompe.

Le cœur de Stan se mit à battre la chamade. Et si…

Il attacha Sarrasin au premier anneau qu'il trouva dans le mur et se glissa vers les cuisines. De la salle de l'auberge lui parvenaient des voix. Des voix d'hommes. Il y avait celle de son oncle – de garde de nuit – et… Et qui ?

D'une main nerveuse, il ouvrit la porte.

5

Des nouvelles préoccupantes

La première chose que vit Stan fut une tache blanche ornée de deux taches rouges. La tache blanche, il le comprenait maintenant, était une culotte de postillon, et les taches rouges, les retroussis d'un dos de veste. Le deuxième homme ne portait pas d'uniforme. Stan comprit aussitôt qu'il s'agissait non pas des passagers de la malle-poste, mais de ses deux convoyeurs, le postillon et le courrier.

– On a vu que les chevaux filaient de ce côté, expliquait à ce moment le courrier, alors on est venus par ici, pour essayer de les récupérer.

– Entre, lança Pancrace en apercevant son neveu. Figure-toi que voilà l'équipage de notre malle fantôme !

– Et les passagers ? s'inquiéta Stan.

– On ne sait pas, on ne sait rien, avoua le postillon.

– Que s'est-il passé exactement ? interrogea le maître de poste.

– Eh bien, expliqua le courrier, on avait peut-être fait dix kilomètres depuis Châtillon et j'étais là, tranquille, sur mon siège, quand soudain je me suis retrouvé par terre. Le temps de reprendre mes esprits, j'ai vu la voiture qui continuait à filer à grand train et, à côté, un homme à cheval. C'est lui qui m'avait tiré par le bras. Je n'ai même pas eu le temps de crier, que la voiture avait disparu dans un virage.

– Comme on allait au grand galop, enchaîna le postillon, je n'ai rien vu ni entendu. Forcément, puisque moi, j'étais devant, sur le porteur. On a dû rouler comme ça assez longtemps parce que, au moment où j'ai senti quelque chose dans mon dos, on avait passé La Verrière. Cet homme avait sauté de sa monture sur la mienne, et je me suis retrouvé bâillonné. Là, il a arrêté les chevaux, il m'a fait descendre… Et je l'ai vu. Enfin, vu… Il portait un masque qui lui couvrait le visage. Il m'a emmené sur le bas-côté et attaché à un arbre. Ensuite il a bondi dans la malle-poste. J'ai entendu des cris, et puis les voyageurs ont sauté de la voiture avec leurs bagages à la main et se sont mis à courir vers la forêt. Ils avaient l'air affolés. La jeune fille et le garçon, surtout. Après ça, l'homme masqué a attrapé la malle de lettres, l'a hissée sur son cheval, et il a disparu au galop.

– C'était donc bien à la malle qu'il en voulait ! s'exclama Stan. Il se moquait des voyageurs. Vous croyez qu'il leur a pris quelque chose ? Des bijoux, de l'argent ?

– Lui, on n'en sait rien.

Stan lui jeta un regard intrigué.

– Pourquoi dis-tu « lui » ?

– Parce que, après, les autres sont arrivés.

– Quels autres ?

– Ceux de sa bande. C'est eux qui se sont occupés des voyageurs. Ils les ont arrêtés dans la forêt et les ont détroussés.

Stan n'arrivait plus à respirer.

– Ils les ont… tués ? demanda-t-il dans un souffle.

– Non. Je les ai vus qui repartaient en courant.

– Et les bandits ne les ont pas suivis ?

– Ne fais pas cette tête, dit son oncle, après tout on ne les connaît pas, ces gens ! Et le voyageur sait bien qu'il prend la route à ses risques et périls. Ainsi va la vie ! J'espère quand même qu'ils sont sains et saufs et qu'on aura vite de leurs nouvelles. Ils ont dû trouver refuge quelque part. Où cela s'est-il passé exactement ?

– À la sortie du Pas-du-Diable, à hauteur des ruines de Lars.

Pancrace lança un coup d'œil involontaire à son neveu qui était blême. Il regretta que le postillon ait prononcé le nom de ce château, qui leur évoquait à tous deux de si pénibles souvenirs.

– Est-ce que tu as remarqué quelque chose de particulier à propos de cet homme masqué ? questionna-t-il très vite pour faire diversion.

– Il montait un percheron gris, répondit le postillon.

– Un cheval appartenant à un relais de poste ? s'étonna Pancrace.

– Ou à un paysan : il n'avait pas de selle sur le dos, l'homme montait à cru.

– Un paysan ? Tous les chevaux de trait ont été réquisitionnés… Un cheval en fraude ?

– Ou volé dans un relais, intervint Stan. Nous avons affaire à des voleurs, non ? (Il se tourna vers le courrier.) Et la malle qu'il a emportée, qu'y avait-il dedans ?

Pancrace fut soulagé de voir que son neveu avait repris des couleurs, et posait les bonnes questions. Le courrier, au contraire, un homme petit et sec, semblait de plus en plus mal à l'aise. Du manche de son fouet, il frappait nerveusement sur ses bottes à cuissardes.

– Normalement c'est secret, répondit-il enfin.

– Y avait-il beaucoup d'argent ? insista Pancrace. C'est important de le savoir.

Le courrier hésita encore un instant et avoua :

– Il y avait peut-être aussi des ordres concernant les mouvements de nos armées. On n'envoie pas tout par courrier spécial, on pense que la malle est parfois plus sûre.

Il se mordit les lèvres. *Un courrier à cheval de la Poste aux Lettres* comme lui se devait de défendre les dépêches au péril de sa vie. Or il n'avait rien pu faire. Il était même dans l'incapacité de donner le signalement de son agresseur. Bien sûr, dans l'après-midi il avait bu un peu... Il songea avec soulagement que les effets de l'alcool avaient eu le temps de se dissiper dans la nuit, et qu'on ne pourrait rien prouver contre lui. Heureusement, sinon il risquait le renvoi.

Pancrace considérait le courrier avec des yeux effrayés. Des plis ultra-secrets, c'était beaucoup plus grave que de l'argent !

– Des espions ! s'exclama-t-il enfin. Des espions !

– Ça explique que le chef ne se soit pas intéressé aux voyageurs, observa Stan. Il les a laissés à ses hommes de main.

– Ça ne se passera pas comme ça ! s'emporta Pancrace. On ne peut pas laisser impunie l'attaque d'une malle-poste !

– Il faudrait avertir l'armée que ses dépêches ont été interceptées, hasarda le courrier.

– Je vais tout de suite prévenir le conseil municipal, acquiesça Pancrace. Depuis le temps que je demande que la malle-poste soit placée sous la protection des gendarmes, au moins sur les routes de poste qui desservent la Belgique ! Nos armées sont face aux Autrichiens.

Imaginez les dégâts que peut causer une dépêche capitale tombant entre les mains de l'ennemi ! J'étouffe de rage.

On entendit à cet instant des pas qui descendaient l'escalier, et les quatre hommes s'interrompirent, comme si les brigands les poursuivaient jusqu'ici. Le bas d'un tablier tricolore se dessina, avec deux autres plus petits de chaque côté, et deux encore derrière. On découvrit ensuite des visages d'enfants barbouillés de sommeil, et le ventre de la femme. Rosalie. Elle était visiblement enceinte. Elle s'arrêta subitement en les voyant rassemblés et s'ébahit :

– Qu'est-ce qui se passe ?

Les enfants ouvrirent des yeux ronds. À l'heure où leur mère descendait prendre son service, il n'y avait jamais personne dans l'auberge, que le maître de poste.

– La malle a été attaquée, répondit sobrement Pancrace. (Il se tourna vers les hommes.) Il est heureux que vous soyez arrivés, ça évitera à Stan de courir les routes inutilement pour vous retrouver.

Stan faillit dire quelque chose, puis se ravisa finalement.

– Bien, conclut le maître de poste, je vais avertir le conseil municipal. Le jour est à peine levé, probable que je vais les réveiller, mais ça ne leur fera pas de mal. En attendant, Rosalie, donne à manger à ces hommes, qu'ils ne reprennent pas la route le ventre creux.

Et un sourire presque méchant passa sur son visage à la pensée de ce veau de Pierre-Victurnien Quatreveaux, leur cher maire, qui aimait tant son lit, et devait dormir en ronflant auprès de sa peste de femme.

Il ôta son tablier et sortit.

– Belle-de-Nuit, Armoire, demanda la servante à ses filles aînées, allez chercher le pain au fournil pendant que je m'occupe du déjeuner.

En réalité, ses deux grandes – nées avant la Révolution – s'appelaient Marie et Jeanne, tandis que les petits étaient inscrits à l'état civil sous les prénoms de Houblon et de Lettre.

– Quelle affaire ! Quelle affaire ! soupira le courrier en regardant Rosalie disparaître avec ses enfants dans la cuisine. Pourtant je n'y suis pour rien ! Pour rien ! Ça peut arriver à n'importe qui de se faire voler sa malle !

– Hum… acquiesça le postillon. Sauf que par les temps qui courent…

Il ne dit rien de plus. Le courrier pâlit et posa, sans même s'en rendre compte, la main sur son cou. Par les temps qui couraient, la guillotine pouvait se charger de vous raccourcir pour des motifs bien plus minces que celui-là.

– Qu'est-ce que je vais faire ? gémit-il. Le règlement prévoit que, si je ne peux pas remplir mon office, je paye une estafette* pour porter les lettres à ma place. Il ne prévoit pas que je n'ai plus de lettres à porter.

– Attends, interrompit subitement Stan, je peux t'aider et me rendre au Pas-du-Diable pour tenter de récupérer des lettres. Quand il aura pris ce qui l'intéresse dans la malle, votre homme masqué va s'en débarrasser, c'est un objet trop compromettant.

– Si tu faisais ça, citoyen, je te le revaudrais ! s'exclama le courrier.

– Ne t'inquiète de rien, répliqua Stan. Si je retrouve les lettres, je les enverrai à Villiers par estafette. Tu me rembourseras à ton retour.

Et, tandis que l'autre le remerciait d'une voix vibrante d'émotion, Stan jeta un regard vers la fenêtre. Le ciel

---

* Messager à cheval.

était nuageux et le jour ne voulait pas se lever. On aurait dit que tout se liguait contre lui. Pourtant, il avait tellement hâte de savoir...

– Je n'ai pas dormi de la nuit, reprit le courrier en insistant bien pour qu'on puisse éventuellement témoigner en sa faveur, j'ai marché des lieues pour essayer de récupérer la voiture au plus tôt, et je file néanmoins aux premières lueurs. On ne dira pas que le courrier fait mal son travail. Je n'ai plus rien à distribuer, mais d'autres lettres m'attendent dans les bureaux de poste. Dès que votre postillon est prêt avec ses chevaux, on part sur Villiers.

Rosalie, qui rentrait à ce moment-là, intervint :

– Le postillon ? Si c'est de Claude que vous parlez, il n'est pas rentré de la nuit.

Stan toussota.

– C'est-à-dire que... Il est rentré. Seulement, il avait sans doute un cheval souffrant, ce qui l'a contraint à rester dormir à l'écurie.

– Un cheval souffrant ? ricana Rosalie. Je parie que c'est lui, qui était souffrant. Malade, plutôt. Ivre mort, je devrais dire ! J'en ai par-dessus la tête d'être mariée à un jean-foutre pareil. Je veux divorcer ! Tout ce qu'il sait, c'est boire comme six, s'empiffrer comme quatre et me faire des gosses qui ont toujours le bec ouvert. Je m'échine du matin au soir pour qu'ils aient à manger, pendant que mon cher mari boit tout son salaire. J'attends le cinquième, et vous savez comment je vais l'appeler ? Si c'est une fille, Olympe !

– Olympe, j'en connais pas, fit remarquer le postillon.

– Ça ne m'étonne pas. Les hommes, tous les mêmes ! C'est en mémoire d'Olympe de Gouges, ignare ! Une femme remarquable, qui nous défendait, et qui a écrit la

Déclaration des droits de la femme et de la citoyenne. Pourquoi qu'il n'y aurait que les hommes, à avoir des droits ? Des aveugles, des boursouflés, des dégénérés, des despotes ! Pourquoi que les femmes n'auraient pas des emplois dignes ? Pourquoi elles n'auraient pas le droit de voter ?

– Le droit de voter ? s'ébahit le courrier.

– Parfaitement. Est-ce que je serais plus bête que toi, citoyen ? Le citoyen Condorcet a dit que les femmes ne sont pas inférieures. C'est seulement les lois qui les oppriment. Parce que les lois sont faites par des hommes, et à leur propre profit.

– Qui t'a raconté ça ? s'étonna Pancrace.

– C'est au Comité des femmes. Dès que j'ai un moment de libre, j'y vais pour donner un coup de main à coudre les vêtements de nos soldats.

– Le Comité des femmes, ricana le courrier, un ramassis de femmes de riches, d'inutiles, de désœuvrées.

– N'empêche, protesta Rosalie, elles travaillent comme les autres, et gratuitement. Et elles parlent avec les pauvres pareil qu'avec n'importe qui, puisque maintenant on est tous égaux. Et je suis contente de discuter avec elles, figurez-vous, parce que, toutes mijaurées qu'elles soient, elles ont de bonnes idées. C'est qu'elles ont eu de l'éducation, elles, meilleure que la vôtre, tas d'ignorants ! Et elles savent des choses. Elles disent qu'il y a des hommes qui sont avec nous. Le citoyen Condorcet, par exemple. Un homme bien, celui-là. C'est lui qui a proposé une loi pour que les femmes votent.

– Un fou ! protesta le postillon. D'ailleurs, la quasitotalité des députés a voté contre.

– C'était tous des hommes, pardi ! Des pleutres ! Ils ont peur de découvrir que leurs femmes pourraient être plus intelligentes qu'eux, alors, ils les empêchent de parler et ils s'arrangent pour qu'elles ne puissent pas apprendre dans les écoles. Eh ben, si j'ai un garçon, je l'appellerai Condorcet !

Stan songea que, lui, remettrait plus volontiers sa vie entre les mains de Rosalie qu'entre celles de Claude, son mari. Et puis sa pensée revint vers Hélène. Que lui était-il arrivé ? Où était-elle ?

Au-dessus de leur tête, des mouvements et des raclements de pieds annonçaient que les voyageurs de la diligence se levaient. Rosalie réagit en courant vers la cuisine pour s'occuper du déjeuner.

Le postillon la regarda disparaître, émit un ricanement discret et chuchota :

– Comme dit le marchand de jonc : « Achetez-moi du beau jonc, vous rosserez vos femmes et battrez vos habits pour pas cher ! »

Le courrier eut un petit rire tendu. Le postillon annonça alors qu'il allait dormir quelques heures avant de ramener ses chevaux à Châtillon. Après tout, il n'avait rien à se reprocher, lui. Il n'avait perdu aucune de ses bêtes.

Il chercha une approbation du côté de Stan, mais le jeune homme avait déjà disparu. L'instant d'après, on entendait le pas de son cheval qui s'éloignait dans la rue.

6
La robe du dimanche

Pierre-Victurnien Quatreveaux tapa du poing sur la table, et son double menton en tressauta. Il avait eu du mal à se lever pour rejoindre le reste du conseil municipal mais, maintenant, il se sentait en pleine forme, avec une agressivité parfaitement aiguisée. Surtout que la *mauvaise nouvelle* avait été apportée par Pancrace, cette outre malfaisante qui lui avait jadis soufflé la place de maître de poste... Même si cette histoire s'était passée vingt ans auparavant, Pierre-Victurnien Quatreveaux ne pardonnait pas. Il ne pardonnerait jamais. D'autant que cela l'avait contraint à rester entrepreneur de messageries, c'est-à-dire à se contenter de transporter ce dont la poste ne voulait pas. Ses voitures n'avaient pas le droit d'aller au galop, devaient s'arrêter dès que le soleil se couchait, ne pouvaient pas utiliser les chevaux frais des relais et, en plus, elles étaient obligées de s'écarter du chemin pour laisser passer celles des postes. C'était peut-être ça le plus insupportable.

Toutefois Quatreveaux préparait un coup que le maître de poste n'imaginait pas. Il ne lui dirait rien pour l'instant, il fallait d'abord qu'il ait toutes les garanties.

En attendant, cette affaire de malle-poste lui faisait bien plaisir. Que Pancrace Rupaud ne soit objectivement pour rien dans les événements, il s'en moquait. Une seule chose importait : ça le mettait en difficulté.

– Savez-vous réellement ce que cela signifie ? tonna-t-il d'un air scandalisé. Que des traîtres à la République sont ici, sur nos terres ! Et, à Paris, on pourrait bien nous en rendre responsables.

– D'autant, insista le maréchal-ferrant, qu'on n'a pas créé de Comité de surveillance, et qu'ils vont s'en apercevoir.

– Un Comité de surveillance, soupira le cordonnier, on n'en a jamais eu besoin. Ici, ce n'est ni la Bretagne ni la Vendée. On n'a que de bons républicains, aucun royaliste, ou si peu...

Pancrace sentait sur lui le regard inquisiteur du maire, et s'appliquait à conserver un visage de marbre. Tout maire qu'il était, Quatreveaux avait moins de prestige que lui, le maître de poste. Il ne fallait donner à ce rapace aucune prise sur lui, ne montrer aucune faiblesse. Aussi il déclara :

– *Si peu* est encore trop. La République ne vivra en paix que le jour où tous ses ennemis seront éliminés.

– Pancrace a raison, dit doucereusement Quatreveaux. Je propose donc qu'il se charge de constituer un Comité de surveillance.

– J'ai beaucoup de travail, protesta le maître de poste. Tu n'imagines pas ce qu'est la gestion d'un relais ouvert jour et nuit. Surtout avec le peu de personnel que nous laisse la guerre, et les miracles que je dois accomplir pour nourrir les voyageurs alors qu'il y a des restrictions sur tout.

– Tu critiques la guerre ? insinua Quatreveaux en plissant ses petits yeux enfoncés entre ses paupières grasses.

Pancrace le fixa avec colère.

– Je ne critique pas, martela-t-il. Je constate qu'elle me complique l'existence.

Il vit que Quatreveaux ouvrait la bouche pour répliquer, et il savait très bien ce qu'il allait dire. Aussi, il poursuivit très vite, d'un ton emphatique :

– Complication qui n'est rien au regard de ce que souffrent nos soldats pour lutter vaillamment contre l'ennemi qui veut déchirer notre patrie. C'est pourquoi je ne me plains pas de dormir si peu, de travailler tout le jour pour tenir en ordre l'auberge, l'hôtellerie, les écuries, la halle aux diligences, le fournil, la bergerie, la cidrerie… Je dis seulement qu'il ne me reste aucun temps pour organiser un Comité de surveillance.

– *Pas le temps*, susurra Pierre-Victurnien. Je ne sais si, à Paris, on se satisferait de cette réponse.

C'était une menace déguisée, Pancrace s'en rendait compte. Un court instant, il eut envie de répliquer que n'importe quel autre conseiller pourrait tout aussi bien diriger ce comité, mais il aurait encore l'air de se défiler. Quatreveaux l'avait proposé, lui, en premier. C'était très malin de sa part, et il n'y avait plus moyen de s'opposer. Une accusation de simple mollesse dans les sentiments républicains pouvait mener loin. Et d'ailleurs, il n'était pas un mou.

– Qu'est-ce que vous imaginez ? répliqua-t-il. À l'heure qu'il est, mon neveu s'est lancé sur les traces de ces brigands. Nous savons où est notre devoir ! Je rentre. Il faut que je voie s'il n'a pas eu de problème pour partir.

Et il tourna les talons.

Il fulminait. Il avait réussi à dissimuler sa fureur, mais maintenant, il sentait que la rage le rongeait comme de l'acide. Ah ! on voulait qu'il s'occupe du Comité de surveillance ! On voulait qu'il débusque les antirévolutionnaires. Eh bien il allait commencer par les proches de Quatreveaux. En fouillant un peu, il trouverait sûrement un tiède qui a gardé quelques habitudes de l'Ancien Régime : se croiser les bras le dimanche ou mettre son bel habit… Ça leur ferait les pieds.

Il traversa sans y prêter attention la file des femmes qui faisaient la queue pour obtenir leurs cartes de rationnement. Vu qu'il l'avait annoncé au conseil municipal, il devait envoyer d'urgence Stan sur la route.

Il était si furibond qu'il ne prit pas le temps de s'arrêter pour admirer une fois encore la nouvelle façade de son relais, repeinte en bleu-blanc-rouge. Il entra dans la cuisine d'un pas belliqueux et donna même un coup de pied dans un jouet appartenant aux enfants de Rosalie, une guillotine en miniature dont ils se servaient généralement pour couper des boudins de glaise.

– Où est Stan ? cria-t-il.

La grand-mère était seule, à observer la grenouille dans son bocal.

– Elle ne veut pas monter à l'échelle, se plaignit-elle sans accorder d'attention à l'humeur de son fils, le beau temps n'est pas encore pour aujourd'hui.

Pancrace allait répéter sa question quand, regardant sa mère, il ouvrit des yeux ronds. Le rouge lui monta au visage et il manqua de s'étouffer.

– Tu as mis ta robe du dimanche !

– Eh bien oui. Je suis d'accord avec toi, elle est trop vieille. Je voudrais que tu m'achètes quelques aunes de tissu pour en faire une nouvelle.

Pancrace porta ses deux mains à sa tête avec désespoir. Il ne savait plus par où prendre le problème.

– D'abord, se fâcha-t-il, on ne compte plus en aunes, mais en mètres. Ensuite, le tissu, c'est pour les uniformes de nos braves soldats, pas pour des fanfreluches de coquettes. Et troisièmement, le dimanche n'existe plus.

Sang du diable ! Et lui qui était responsable du nouveau Comité de surveillance ! Et c'était dans sa propre maison qu'il surprenait la première faute !

– On n'est pas dimanche ? s'étonna sa mère d'un air déconcerté.

– Il n'y a plus de dimanche pour la bonne raison qu'il n'y a plus de semaine, depuis le temps que je te le répète ! Le mois est découpé en décades. Une décade, ça fait dix jours, et c'est seulement le dernier jour, le décadi, que tu peux te reposer.

Rosalie intervint avec patience :

– Le dimanche était le jour de Dieu. Plus de dieu, plus de dimanche.

– Pourtant, gémit la grand-mère, le citoyen Robespierre a dit qu'il existe un Être Suprême. Il paraît que c'est écrit dans le journal. L'Être Suprême, c'est celui qui a créé l'Univers. Donc c'est Dieu… Non ?

– Écrit dans le journal ? s'ébahit Rosalie. Ben ça alors… Y a pas six mois que la religion a été déclarée hors la loi, que les évêques ont jeté leurs habits, leur crosse et tout le fourbi, et qu'ils ont reconnu que ce qu'ils avaient raconté de la religion, c'étaient des fariboles pour tromper le bon peuple. Tu y comprends quelque chose, toi, Pancrace ?

Le maître de poste n'était pas très sûr de ce qu'il fallait croire ou ne pas croire, aussi prit-il un ton agacé pour répondre :

– L'Être Suprême, c'est un peu comme Dieu, mais sans

la religion. Ce qui est mauvais, c'est la religion. C'est elle qui nous a trompés en prétendant que le roi était sur le trône par la volonté de Dieu ; que Dieu voulait que les pauvres restent pauvres et que les riches restent riches.

– Une honte ! commenta Rosalie.

– Enlève vite cette tenue, mère, reprit Pancrace. On dit que des inspecteurs sillonnent le pays pour débusquer les *bras croisés du dimanche*, les têtes de mule comme toi, qui n'appliquent pas le nouveau calendrier.

– Ne sois pas insolent avec ta mère, Pancrace Rupaud !

Le maître de poste eut un geste découragé.

– Va remettre ta robe de tous les jours, s'il te plaît, et n'oublie pas la cocarde sur ta coiffe. Si on te prend à te promener sans elle, tu as droit à huit jours d'enfermement.

– Et puis quoi encore ? Me mettre en prison, à mon âge... De toute façon je ne sais jamais comment la mettre, cette cocarde. À droite ou bien à gauche, devant ou bien derrière...

– Mets-la où tu veux et tais-toi. J'ai assez d'ennuis comme ça...

– Quels ennuis ?

Pancrace n'osa pas lui dire qu'il était chargé du Comité de surveillance : elle le répéterait et, racontant à quel moment elle l'avait appris, parlerait bêtement de cette affaire d'habits du dimanche.

– J'ai des ennuis avec la malle-poste, répondit-il. Il faut que Stan parte d'urgence sur le lieu de l'attaque.

– Stan est déjà parti.

– Où ?

– Là-bas où tu dis.

Pancrace en resta sidéré. D'un côté, il était incroyablement soulagé de n'avoir pas menti au conseil municipal, d'un autre il était suffoqué que Stan ait pris cette décision sans lui en parler. Pourvu qu'il ne se mette pas en danger ! Si c'était pour retrouver son neveu mort, il préférait que cet espion ne soit pas démasqué. Naturellement, il n'aurait jamais avoué ça au conseil municipal. C'est ce qu'il y avait de pratique, dans le corps humain : l'esprit et la langue étaient deux organes différents. Rien ne les obligeait à être d'accord entre eux.

Rosalie pénétra dans la cuisine avec un pot à cidre vide et s'étonna :

– Tu n'es pas couché, citoyen ? Si tu veilles à la fois la nuit et le jour, tu ne vas pas tenir longtemps.

– Je sais, bougonna Pancrace. Mais je ne vois pas où trouver le temps de dormir.

– Pendant que tu es là, je voulais te dire qu'il n'y a plus de savon pour la lessive.

– Envoie Hyacinthe en ach…

Pancrace s'interrompit. Hyacinthe ne pouvait pas en acheter parce que, pour ça, il fallait avoir un billet de rationnement, et que, pour avoir un billet de rationnement, il fallait faire la queue à la mairie. Or son titre de conseiller municipal ne lui donnait pas le droit de resquiller. Il s'en félicitait, d'ailleurs : les privilèges étaient bel et bien enterrés. N'empêche que ça posait problème.

– On a créé les billets de rationnement pour maintenir le savon à un prix raisonnable, se plaignit Rosalie, mais comme je dois faire la queue pour avoir ce maudit billet, je perds une demi-journée de travail. Ça coûte, ça !

– C'est surtout à moi que ça coûte, observa Pancrace.

Puis il regarda rapidement autour de lui de peur que quelqu'un ait pu les entendre. Heureusement, ils étaient seuls. Dehors, le roulement de la diligence qui partait vers le sud s'atténuait. Le calme revenait dans le relais et on disposait de quelques heures de répit. Pancrace allait les mettre à profit pour dormir un peu.

S'il pouvait. Parce que savoir Stan dans une forêt infestée de brigands ne le rassurait guère. Il soupira une fois encore, avant de s'engager pesamment dans l'escalier.

7

Des passeports compromettants

Stan arrêta son cheval. C'était ici. On voyait clairement que le sol avait été piétiné par des chevaux. Et, là, dans l'herbe, le morceau de corde avec lequel il avait attaché le postillon.

Sans hésiter, il entra dans le sous-bois. Il n'avait pas fait cent mètres qu'il aperçut des taches claires sur le sol. Les lettres !

Il sauta de cheval. Les melons – ces liasses attachées par bureau de destination – avaient été défaits, et les enveloppes ouvertes à la recherche, sans doute, de quelques assignats* que des parents envoyaient à leur fils soldat.

Il entreprit de ramasser les pauvres déchets de papier. Heureusement, il n'avait pas plu dans la nuit, et l'encre des adresses restait lisible. Jouant au Petit Poucet, il remonta peu à peu vers la malle.

Elle ne se trouvait plus dans les houx où il l'avait dissimulée, mais au beau milieu d'une clairière. Il songea aux soldats qui attendaient avec espoir des nouvelles, ou

---

* Papier-monnaie utilisé pendant la Révolution.

quelques sous. D'un geste furieux, il jeta les lettres dans la malle. On ne saurait jamais s'il en manquait, ni combien.

Il regarda une dernière fois autour de lui, et c'est là qu'il remarqua un petit paquet blanc, au milieu d'un buisson de ronces. En essayant d'éviter les épines, il l'attrapa du bout des doigts.

Ce n'étaient pas des lettres, c'étaient… des passeports !

Il les ouvrit vivement. *Hélène… Georges… Louis…* Les trois passeports étaient là !

– Qu'est-ce que tu as trouvé ?

Stan fit un bond. Un homme, qu'il n'avait pas vu arriver, se tenait derrière lui. De piètre mine, vieux, barbe sale, dépenaillé. Un mendiant. Stan n'eut pas la présence d'esprit d'inventer un mensonge.

– Ce sont des passeports, répliqua-t-il en glissant les papiers à l'intérieur de sa veste. Ils ont été perdus par des voyageurs.

– La malle qui s'est fait attaquer hier ?

Allons bon, le bruit en courait donc déjà ?

– Oui, reconnut-il.

– Tu es postillon ?… Ne me regarde pas avec cet air étonné. Tu n'as pas l'uniforme, mais je vois bien que ta selle est celle d'un postillon, avec le bourrelet à l'arrière, et que, sur le sac de picotin de ton cheval, il est écrit : « Poste aux Chevaux de Tue-Loup ». Je ne suis pas un imbécile !

Du bout du doigt, il tira le sac de picotin vers lui et glissa un regard à l'intérieur.

– Bon grain, reprit-il, joliment concassé. Avoine et féverole, non ? Tue-Loup est un relais où on ne se moque pas des chevaux. « Cheval d'avoine, cheval de peine. Cheval de foin, cheval de rien. » (Il sentit le mélange.)... Et un peu de sel, pour le rendre appétissant.

– Je vois que tu t'y connais.

– J'étais loueur de chevaux. Autrefois. La roue tourne...

Stan en déduisit que ses chevaux avaient été réquisitionnés par l'armée. De loueur de chevaux à mendiant, il n'y avait qu'un pas. Un petit. Un instant, il eut pitié, cependant son agacement reprit très vite le dessus. Il n'avait aucun temps pour compatir, il avait hâte de s'éloigner.

– Qu'est-ce que tu vas faire de ces passeports ? demanda alors le mendiant d'un air intéressé.

– ... Les rapporter à la mairie.

– Quelle mairie ? Celle de Tue-Loup ?

Cet homme commençait à lui échauffer les oreilles. Ça avait l'air d'être un fouineur qui n'avait pas les yeux dans sa poche.

– Évidemment, répliqua-t-il en chargeant la malle sur son cheval.

– Tue-Loup, c'est justement ma direction. C'est encore loin ?

– Une dizaine de kilomètres.

– Alors j'y serai ce soir sans problème.

Stan se sentit défaillir. Par la faute de ce satané fouineur, il allait devoir modifier ses projets.

– Il faut que je rapporte cette malle de toute urgence, dit-il.

Il sauta à cheval, regagna rapidement la route, et prit le galop.

Il parcourut cinq ou six kilomètres, après quoi il s'arrêta, se glissa à l'abri d'une maison en ruine, et dévissa rapidement le manche de son fouet. À cause de l'interdiction faite aux postillons de porter des armes, c'est là qu'il dissimulait sa dague. Il la dégaina, remonta la manche de sa chemise puis, serrant violemment les dents, il s'entailla le bras.

– Vertu de ma vie, s'exclama Pancrace, ces passeports sont pleins de sang ! Les passagers ont donc été blessés !

– J'ai peur que ce ne soit pire que ça, dit Stan. Sinon, ils auraient donné signe de vie. Or ni à La Verrière, ni à Bellevue on ne les a aperçus.

– Ils seraient morts ?

Stan eut un geste d'impuissance, comme s'il en était persuadé sans oser l'affirmer. Le maître de poste approcha les feuilles maculées de son visage.

– C'est à peine si on peut lire les noms, observa-t-il. S'ils les ont tués, j'espère que ces brigands ne l'emporteront pas en paradis.

– Tu prétendais qu'il n'y avait pas de paradis, mon oncle, fit remarquer Stan.

– Non, évidemment, c'est une manière de parler…

Tandis que Hyacinthe se penchait à son tour vers les passeports, les yeux de Stan n'arrivaient pas à se détacher du nom de la jeune fille. Même taché de sang, il arrivait fort bien à le lire, et ça lui rendait la respiration pénible. Où était-elle, maintenant ?

Il reprit discrètement les passeports.

– Inutile d'envoyer une estafette pour des lettres aussi saccagées, décréta Pancrace. On va attendre le passage de la prochaine malle-poste.

– Je ne sais pas ce qu'en penserait l'inspecteur, s'il passait par hasard, raisonna Stan. Le mieux ne serait-il pas que j'aille les apporter moi-même ?

Le maître de poste prit un visage soucieux et Stan comprit qu'il l'avait convaincu.

– Tu as raison, emmenons les lettres à Villiers. Là-bas, ils se débrouilleront pour faire suivre. Seulement, il est préférable que je montre d'abord la malle au conseil municipal, pour qu'on constate. Il ne faut pas que j'aie l'air de dissimuler quoi que ce soit. Par les temps qui courent, mieux vaut se protéger.

Et, avant que Stan puisse esquisser un geste, son oncle lui retira les passeports des mains et les rangea derrière le comptoir en poursuivant :

– Pendant que j'y vais, prépare donc la vieille chaise de poste.

Hyacinthe s'agita aussitôt avec véhémence.

– Laissons-le atteler, mon oncle, proposa Stan. Apprendre ne peut pas nuire. (Puis, comme Pancrace ne refusait pas tout de suite.) C'est d'accord, Hyacinthe, tu prends Liberté et Révolution. Liberté comme porteur, naturellement, et Révolution à sa droite, en sous-verge. Un cheval aveugle doit toujours être placé en sous-verge, parce qu'il n'est pas capable de mener, tu te rappelleras ?

Hyacinthe fit signe qu'il le savait déjà.

Stan le regarda disparaître d'un air préoccupé. Ce n'était pas pour le garçon, qu'il s'inquiétait, et encore moins pour les chevaux, c'était pour les passeports. Les laisser trop longtemps sous les yeux de son oncle risquait de se révéler dangereux…

Il tenta de se rassurer : le sang avait à moitié dissous l'encre et – surtout – les cachets.

Il soupira. S'il n'y avait pas eu là ce mendiant… Une malchance incroyable, à tous points de vue, et qui l'avait obligé à dévoiler sa découverte. Contre ça, il ne pouvait plus rien faire, mais pour le reste… Maintenant qu'il avait convaincu Pancrace de le laisser partir pour Villiers, il devait en profiter à plein.

Au moment où son oncle quittait l'auberge avec la malle, il entendit un bruit de roulement dans la rue. Une voiture arrivait de Châtillon. Ah non ! Ça n'allait pas continuer ! Pourvu qu'on n'ait pas besoin de ses services !

8
Encombrant personnage

Stan fut saisi d'un profond soulagement en découvrant qu'il s'agissait d'une voiture de messagerie privée, qui ne changerait donc pas ses chevaux ici. D'ailleurs, elle ne s'arrêta pas. Seulement, comme elle passait devant le relais, il aperçut un homme qui sautait de l'arrière. Un voyageur en fraude. Le mendiant !

La porte de l'auberge s'ouvrit aussitôt et l'homme appela avec un certain aplomb :

– On peut avoir du pain, par charité !

Puis il reconnut Stan et s'exclama :

– Ah, c'est toi, citoyen ! Tu vois, sans posséder de cheval, je suis arrivé presque aussi vite que toi.

Stan eut un vague sourire. Heureusement qu'il avait montré les passeports !

– Le maître de poste est sorti, annonça-t-il, mais tu peux t'asseoir. Jamais mon oncle ne refuserait du pain à un malheureux… Rosalie ! Tu veux bien apporter le pain des pauvres ?

– C'est un pain spécial ? s'informa le mendiant avec méfiance.

– C'est le pain de tout le monde, le seul qu'on ait le droit de cuire, le pain de l'Égalité. Je veux juste dire qu'on en garde toujours de côté pour les mendiants. Tu viens de loin ?

– De Paris.

– De Paris ? Alors, tu as des nouvelles de ce qui se passe là-bas ?

– C'est à cause de ce qui s'y passe, que je suis parti, répondit le mendiant d'un air subitement fatigué. On y crève de faim, et la faim est très mauvaise conseillère. Cet hiver on se battait devant les boulangeries et si, par hasard, une charrette de nourriture arrivait de la campagne, on se jetait dessus pour se servir. Le résultat, c'est que plus aucun paysan ne veut prendre le risque d'entrer dans la ville.

Il s'assit et mordit dans le pain apporté par Rosalie.

– Maintenant, poursuivit-il la bouche pleine, tout le monde s'épie avec méfiance. Crois-moi, dès que son estomac crie famine, l'homme n'a plus de conscience. Il est capable de dénoncer son voisin rien que pour lui piquer son quignon et sa botte d'oignons. Les gens n'osent même plus parler entre eux, de peur qu'on ne déforme leurs propos pour les accuser d'on ne sait quoi. Les prisons sont pleines à craquer, et on en ouvre sans cesse de nouvelles. Il y en a au moins trente, dont certaines dans des collèges, tu imagines ? Non, je ne regrette pas d'être parti !

Stan regarda vivement autour de lui. À part Rosalie qui récurait les cuivres, il n'y avait personne dans la pièce.

Rosalie n'était pas une mauvaise personne mais, par ces temps troublés, on ne pouvait jurer de rien. La Révolution en marche voulait abattre ce qui se mettait en travers de sa route, et un bon citoyen se devait de dénoncer toute attitude qui ne lui paraissait pas assez républicaine.

– Ne répète ça à personne, souffla-t-il, on peut t'accuser de colporter de fausses nouvelles.

– Elles sont vraies !

– Vraies ou fausses, elles sont de nature à démoraliser le peuple. Et ça, c'est un crime, tu le sais ? Tu risques ta tête !

Le bonhomme haussa les épaules.

– Je n'arrive plus à avoir peur. C'est peut-être que je n'arrive plus à comprendre la mort, ce que ça signifie vraiment. Là-bas (il baissa la voix), la mort coule en longs ruisseaux rouges. La guillotine ne rouille pas, je te le dis. Et il y a des femmes qui sont là, avec leur tricot, pour ne pas perdre une miette des gémissements, du sifflement du couperet quand il tombe, et elles commentent le courage ou la lâcheté des condamnés, la couleur du sang, la manière dont il gicle. C'est un drôle de monde, je te le dis. À voir la mort grimacer chaque jour sur les échafauds, on n'arrive plus à en mesurer la gravité. Et les gamins qui jouent à pétrir de la boue pleine de sang, qu'est-ce qu'ils vont devenir plus tard ? Leur cœur sera comme une pierre.

Stan eut une mimique troublée.

– Je me suis dit que la campagne était plus calme, reprit le mendiant, et qu'on y mourait moins de faim. C'est d'ailleurs ça qui met le plus les citadins en colère, ils accusent les paysans de garder leurs récoltes pour les revendre en catimini, à prix d'or. Certains sans-culottes* veulent mettre à mort tous ceux chez qui on trouverait des réserves de nourriture.

La porte de l'auberge s'ouvrit, et Pancrace entra. Stan fit vivement signe au mendiant de ne plus prononcer un

---

* Révolutionnaires qui ne portaient pas la culotte arrivant au genou, comme les nobles, mais le pantalon long.

mot. Cependant Pancrace semblait avoir entendu la dernière phrase.

– Les sans-culottes ont raison, approuva-t-il. Moi-même, j'ai de plus en plus de mal à nourrir les voyageurs – sans parler des mendiants – et j'ai bien l'intention d'entreprendre une petite vérification chez des paysans de ma connaissance.

– Une vérification ? s'inquiéta Stan. Et si tu trouves quelque chose, tu vas les dénoncer ?

– Naturellement. Il faut en finir avec cette racaille qui affame le peuple.

Stan fit un geste de prudence.

– Attention, mon oncle, rappelle-toi la fraternité que tu m'as enseignée : « Ne fais pas à autrui ce que tu ne voudrais pas qu'on te fasse. Fais aux autres le bien que tu voudrais en recevoir. »

– Justement, je nourris les malheureux, c'est de la fraternité. Et si je trahissais la République et mes frères citoyens en gardant pour moi ce que j'ai, je voudrais que tu me dénonces.

– C'est que tu ne connais pas la prison ni la guillotine, intervint le mendiant. J'ai vu pas mal de gens se mordre les doigts de ce qu'ils avaient dit. Ce Hébert, par exemple. Dans *Le Père Duchesne*, son journal, il voulait faire guillotiner la moitié de Paris ; eh bien, au moment de monter lui-même sur l'échafaud, il pleurait et hurlait. Il ne voulait pas mourir !

– Tu insinuerais que je manque de courage ? Ou que je mérite l'échafaud ?

– Il n'a pas dit cela mon oncle, protesta vivement Stan.

– Bon..., laissa tomber Pancrace. Tu devrais lui dire d'éviter de trop parler. Si tu l'ignores, je viens d'être chargé d'organiser le Comité de surveillance.

Stan en resta suffoqué. Le Comité de surveillance ! Et il avait sans le savoir entre les mains les passeports de…

– C'est un honneur pour toi, dit-il enfin d'une voix blanche, et une grande fierté pour toute la famille.

Pancrace le fixa avec étonnement. D'ordinaire, son neveu exprimait pour ce genre d'activité plus que de la méfiance.

– Je vois que tu es dans de meilleurs sentiments, observa-t-il. J'aurais cru que cette nouvelle te déplairait.

– Quelle idée ! protesta Stan. Je crois finalement que c'est toi qui as raison : on ne peut pas se goberger et laisser les autres mourir de faim. Qui soupçonnes-tu de garder ses récoltes ?

– Grandjean.

– Ignoble, grogna Stan d'un air choqué. Si c'est vrai, alors oui, je suis pour la guillotine, ça fera réfléchir les autres.

– Bien… Bien, approuva Pancrace de plus en plus ébahi. Je suis content que tu penses comme moi.

Stan respirait avec difficulté. Il bénit la porte qui s'ouvrait sur un Hyacinthe annonçant à grand renfort de gestes que la vieille chaise de poste était attelée.

– Il est muet ? s'étonna le mendiant.

Stan eut l'air surpris.

– Euh… oui, reconnut-il enfin. Comme je le comprends, je ne m'en rends même plus compte.

– À Paris, ajouta le mendiant, il y a une institution qui apprend aux muets un langage spécial par gestes.

– Il le fait déjà, remarqua Pancrace, de parler par gestes.

– Non, mieux que ça ! Au lieu de dessiner un objet, on peut écrire son nom à l'aide de lettres qu'on forme avec ses doigts. Ça permet de dire également des choses qui ne peuvent pas se dessiner, et d'être compris par des étrangers à la famille.

– C'est vrai ? s'intéressa Stan.

– Parfaitement. Elle a été fondée par l'abbé de L'Épée. C'est l'Institution des sourds-muets.

Hyacinthe enchaînait à toute vitesse des gestes presque incohérents.

– D'accord, rassura Stan, je vais me renseigner là-dessus, ne t'inquiète pas. Encore que je trouve que tu parles bien assez comme ça…

Il se mit à rire gaiement, et Hyacinthe fit semblant de lui envoyer un coup de poing dans le ventre.

– Il faut que j'y aille, reprit-il. La malle est dans la voiture ?

– Oui, répondit Pancrace. Tout est prêt.

Stan secoua la tête en essayant de conserver un sourire détendu malgré la douleur qui lui comprimait la poitrine.

9

Sauvetages

La chaise de poste allait à toute allure et Hyacinthe commençait à comprendre pourquoi on ne l'utilisait plus. Bien qu'elle ait servi autrefois à transporter les gens riches, elle était trop vieille, et sa suspension était devenue horriblement dure.

Il s'extirpa de sa cachette sous la banquette, et jeta un coup d'œil par la petite ouverture percée dans la porte avant. Il ne fallait pas faire de bruit, ni agiter anormalement la voiture, parce que Stan ne serait sûrement pas content de se découvrir un passager clandestin.

Non pas qu'il lui fasse peur, mais il changerait certainement ses projets s'il le voyait là, et ce serait dommage, car alors Hyacinthe ne saurait rien de ce qu'il manigançait. Or, depuis la veille, Stan avait une attitude bizarre. Parfois il restait songeur, à d'autres moments il s'agitait inexplicablement et, surtout, il avait embarqué un grand sac de nourriture en prenant garde à ce que personne ne le voie. C'est à ce moment que Hyacinthe avait décidé de se glisser sous la banquette de la chaise de poste.

La voiture ralentit, précipitant de nouveau le passager clandestin dans sa cachette. S'arrêtait-on déjà ?

Ouille ! Ralentir n'améliorait pas le confort, voilà qu'il était secoué comme grain qu'on vanne. On prit un virage à angle droit et on s'immobilisa.

– Attendez-moi là, lança Stan aux chevaux.

Il sauta du dos de Liberté, jeta la longe sur une branche sans même prendre la peine de l'attacher, et traversa la cour de ferme à grandes enjambées. Il était agacé de perdre du temps. Il s'était pourtant juré de ne pas s'arrêter !

Sauf qu'il aurait eu des remords, évidemment.

La ferme était de bonne taille, avec une étable, une écurie, une soue à cochons et trois granges... d'où venait une indubitable odeur de céréales. Son oncle avait raison : le paysan possédait une réserve de grain certainement très supérieure à celle autorisée.

Un chien aboya et Grandjean sortit sur le pas de sa porte. Ramassé, enveloppé dans plusieurs couches de vêtements disparates, l'homme toisa Stan d'un œil circonspect. On ne voyait personne d'autre. La porte béante de l'écurie vomissait une paille infecte, ruisselante d'excréments.

– Je suis envoyé par le Comité de surveillance, déclara Stan.

– Il y a un Comité de surveillance ?

Le ton du paysan était à la fois surpris et plein de défiance.

– C'est obligatoire. Et, étant donné la famine qui sévit, on doit visiter toutes les fermes.

– Et alors ? grogna l'autre en haussant une épaule.

Mais Stan avait remarqué la soudaine crispation de sa bouche.

– Alors, tous ceux chez qui on trouvera du grain non

déclaré seront guillotinés. C'est la nouvelle loi. Moi, je suis chargé de contrôler ta ferme.

Le regard de Grandjean s'emplit d'une telle frayeur que Stan sut que son odorat l'avait fort bien renseigné.

– Je n'ai pas le temps pour l'instant, ajouta-t-il en étudiant avec amusement les couleurs par lesquelles passait le paysan, il faut que j'aille à Villiers. Je m'arrêterai en repassant. À moins que mon oncle Pancrace puisse venir entre-temps... Tu n'as pas de réserve illégale ? De blé ou d'orge, par exemple.

– Sûr que non ! s'emporta trop vite le paysan.

– Dans ce cas, tu n'as rien à craindre. Enfin, si par hasard tu retrouvais quelques sacs que tu aurais oubliés, ou bien si quelqu'un apportait en cachette dans tes greniers du grain illégal – histoire de se protéger lui-même – tu aurais intérêt à courir à la mairie, et à déclarer que tu es prêt à le mettre à la disposition du comité. Au prix maximum autorisé, évidemment. Sauf si tu es généreux et que tu souhaites venir au secours des miséreux, auquel cas tu peux en faire don.

Comme le paysan le fixait sans un mot, les mâchoires contractées, Stan toucha le bord de son haut chapeau avec le manche de son fouet, en guise de salut, puis rejoignit la chaise de poste. Il sauta sur la selle du porteur et fit claquer son fouet en l'air. Un claquement sec et précis, qui ne devait jamais toucher les chevaux et se contentait de les avertir de l'imminence du départ. Suivit un léger coup de talon, et l'attelage s'ébranla.

Sur le pas de sa porte, le paysan le regardait s'éloigner.

– Comité de surveillance, siffla-t-il alors entre ses dents d'un air mauvais.

Et il pointa deux doigts menaçants vers le postillon en murmurant des paroles maléfiques.

Là-dessus, il se précipita chez lui pour enfiler sa veste. Il allait courir à la mairie. Ça lui en boucherait un coin, à ce maudit postillon ! Déjà, il préparait le discours qu'il leur tiendrait : un cousin lui aurait apporte du blé qui lui restait et lui, comme il était un bon citoyen, il se présentait immédiatement au conseil municipal pour qu'on puisse distribuer cette manne supplémentaire aux affamés.

Stan pestait. Perdre du temps pour ce Grandjean qui lui était fondamentalement antipathique ! Mais enfin, il ne pouvait pas laisser partir ainsi un homme à la guillotine. Une belle trouille lui paraissait suffisante. Et puis, quelques minutes contre la paix de sa conscience, ce n'était pas trop cher payé ; seulement il avait tellement hâte d'arriver, de savoir enfin !

Il allait filer jusqu'à Villiers, revenir par la vieille route de manière à éviter le relais de son oncle, et continuer vers le Pas-du-Diable. Dix kilomètres. Et dix pour revenir, donc vingt en tout. Plus le temps qu'il passerait là-bas... Il fallait faire vite.

Il essaya de se rappeler le visage de la jeune fille, stupéfait et effrayé. C'est qu'il n'avait pas pu ôter son masque, ni s'expliquer. Il avait simplement dit : « Fuyez droit devant vous. Vous trouverez un château en ruine. Au milieu des ronces, il y a un escalier qui descend dans une cave. Cachez-vous là. »

Malheureusement il y avait eu ensuite ces maudits brigands qu'il n'avait pas prévus. Qu'étaient devenus les trois voyageurs ? Étaient-ils saufs ? Avaient-ils trouvé le château ? Lui avaient-ils accordé assez de confiance pour suivre ses conseils ?

Hyacinthe jeta de nouveau un coup d'œil par le hublot. Il ne reconnaissait pas la route. Lorsqu'il avait entendu le claquement caractéristique du fouet de Stan annonçant au relais de Villiers qu'il arrivait avec une malle de courrier, il s'était vite caché derrière la banquette. La voiture s'était arrêtée, Stan avait déchargé la malle, mais pas le gros sac de nourriture. Il avait ensuite donné à boire aux chevaux – sans leur laisser le temps de manger – et il avait repris la route.

D'ici, Hyacinthe ne voyait que le dos de Stan. Il admira une nouvelle fois l'élégance avec laquelle le jeune homme montait. On aurait dit un seigneur sur un destrier, et non pas un postillon sur un percheron. Cela lui rappela que Stan avait passé son enfance dans un château. La fréquentation des seigneurs, ça vous marque pour toujours.

Lui, il n'avait pas été élevé dans un château. Il ne se souvenait même pas de ses parents. Les avait-il seulement connus ? Il se rappelait juste une grande terreur : il était tout seul, sur le bord d'une route. Il y avait des loups qui hurlaient... Ou alors c'était dans son imagination, il n'arrivait pas à le démêler. Après, une voiture de poste était passée. Un postillon l'avait ramassé sur le bord du chemin, mais il ne sentait déjà plus rien, il était engourdi par le froid. On l'avait enveloppé dans une couverture, couché au milieu des sacs de courrier. La voiture n'était pas un véhicule fermé comme une malle-poste (qui n'existait que depuis l'année précédente), et il n'avait cessé de grelotter sur le chemin. C'était tout pour ses souvenirs anciens. Voilà. Il était un enfant trouvé de la poste. La poste lui avait sauvé la vie. Il ne la quitterait jamais.

Incroyable comme ce trajet de retour était long ! Cette route, abominablement mal entretenue, lui était inconnue. Où allait-on ? Pas à Tue-Loup, c'était certain, on avait dû le dépasser depuis longtemps. Sa première impression était bonne : Stan tramait quelque chose. Voilà qu'on quittait la route. Il avait intérêt à se tenir s'il ne voulait pas être projeté contre la porte et, de là, directement dehors. On ralentissait…

Hyacinthe eut toutes les peines du monde à se recroqueviller de nouveau sous la banquette tant les cahots le déséquilibraient, et il faillit s'affaler pour de bon quand la voiture s'immobilisa. Figé, il attendit en retenant sa respiration. La porte ne s'ouvrit pas. Il entendait un bruit étrange, comme un chuchotement, juste sous le plancher.

Stan suivit des yeux les petites rides du ruisseau, qui s'écrasaient sur les jambes des chevaux avant de reprendre leur course désordonnée et chantante. Il regarda une nouvelle fois vers le flanc de la colline et le château de Lars. Une terrible angoisse lui serrait le cœur. Lars était la grande douleur de sa vie. Il observa en silence les ruines noircies surgissant de cette végétation folle qui avait si vite repris possession des pierres. Rien ne bougeait.

Il n'aurait pas dû leur dire de venir ici. C'était un lieu de malheur.

C'était aussi le seul endroit où personne ne viendrait les déranger.

Qui étaient-ils au juste ? Il espérait de tout son cœur n'avoir pas malencontreusement protégé des criminels.

Non. L'homme lui avait fait bonne impression, il avait un regard droit. L'enfant était discret. Quant à la jeune fille…

Stan respira profondément. Se calmer. Ne pas se diriger vers le château avant d'être certain qu'il n'était pas surveillé. Laisser les chevaux se rafraîchir. Un bain d'eau courante les délasserait et masserait leurs tendons fatigués. Et, si quelqu'un rôdait dans les parages, il ne s'étonnerait pas de sa présence. D'autant qu'il s'agissait d'un ruisseau de bonne réputation. Autrefois, il y amenait les bêtes du seigneur de Lars, et son père ne l'aurait pas permis s'il avait eu le moindre doute sur la qualité de l'eau. Son père était le maître d'écurie du château. Les chevaux, ça le connaissait.

Lars... Il se tenait à cet endroit précis quand c'était arrivé. L'été 1789. Il avait quinze ans.

Chaque fois qu'il y repensait, il lui prenait des envies de hurler. Sans doute parce que, ce jour-là, il n'avait pas réussi à le faire. Les flammes sortaient par les fenêtres, les vitres craquaient avec un bruit sec, les paysans vociféraient qu'ils devaient brûler tous les registres du seigneur, où était inscrit son droit infâme de lever des impôts sur eux. Ils criaient des mots comme « aristocrates affameurs » ! Ils voulaient du pain, ils voulaient pouvoir chasser pour manger, pêcher dans la rivière.

Stan n'avait pas pu esquisser un geste. Les hurlements lui emplissaient les oreilles. Aujourd'hui, il les entendait encore souvent dans ses rêves.

La grande peur de cet été-là, celle qui avait saisi les paysans sans qu'on en comprenne la raison, celle qui les avait poussés à saccager les châteaux de leurs anciens maîtres, avait planté dans son cœur des griffes brûlantes qui ne relâcheraient jamais leur étreinte. Rouge et jaune était le château en flammes.

Longtemps, il avait espéré que ses parents avaient pu s'enfuir et, dès que les hommes en furie avaient quitté le château, il s'était précipité vers le brasier. C'est à ce moment que, de l'écurie, avait jailli un cheval blanc, le seul que son père ait réussi à détacher, le jeune boulonnais qu'on attelait à la charrette. Il était venu droit sur lui et l'avait renversé. Et Stan avait compris qu'il était devenu aveugle. La chaleur de l'incendie lui avait brûlé le poil et ôté la vue.

Alors il l'avait rattrapé et amené ici, à la rivière, et il l'avait lavé longuement. Et là seulement, le front contre son flanc roussi, il s'était mis à pleurer.

La suite des événements, il ne s'en souvenait pas. On l'avait emmené à pied, parce qu'il ne voulait pas lâcher la bride du boulonnais. Après ça, il y avait eu la voix de son oncle Pancrace, qui hurlait qu'il n'avait pas dit d'incendier le château avec les gens dedans ! Quelqu'un avait répondu que le maître d'écurie et sa femme avaient voulu aller détacher les chevaux. Qu'ils ne savaient pas. Que ce n'était pas de leur faute. Pas de leur faute.

Le rôle exact de son oncle dans ce drame, Stan l'ignorait, mais il était sûr d'une chose : pour rien au monde Pancrace n'aurait touché un cheveu de sa sœur ou de son beau-frère.

Le seigneur de Lars, il faut le dire, n'était pas un homme bon. On ne pouvait pas en attendre la moindre pitié, et l'idée ne vint donc pas aux paysans d'en avoir pour lui.

Stan n'avait jamais reparlé de cette horrible journée avec son oncle. Il savait combien il en était encore bouleversé, combien il se sentait coupable. Pancrace était parfois rigide, parce que c'était un homme de conviction, cependant il savait aussi être attentif et généreux.

Stan caressa l'encolure de Révolution. Est-ce que le cheval gardait le souvenir de ce grand malheur ?

– Tout va bien, souffla-t-il. Tout va bien.

Mais était-ce vraiment au boulonnais blanc qu'il adressait ces mots ?

Il tourna la tête. Toujours aucun mouvement autour du château, il pouvait s'y risquer.

10
Les réfugiés

Stan descendit les quelques marches qui menaient à l'ancienne cave.

– Ne craignez rien, chuchota-t-il. Je viens en ami.

Il n'y avait pas un bruit, et il se sentit terrifié par la pensée qu'ils n'étaient peut-être pas arrivés jusque-là. Il sortit de sa poche un grand tissu noir et le plaqua sur son visage pour se faire reconnaître.

– N'ayez pas peur, répéta-t-il sans savoir s'il y avait quelqu'un. Si des bandits vous ont dépouillés, je n'y suis pour rien. Il fallait juste que je vous sauve la vie. Voyager avec des faux papiers risquait de vous envoyer droit à l'échafaud. Vous fuyez à cause des décrets de la Terreur, n'est-ce pas ?

Toujours aucun mouvement dans l'obscurité de la cave et, pourtant, Stan croyait déceler une présence. Il reprit :

– Votre arrivée à Tue-Loup aurait signé votre arrêt de mort. Les maîtres de poste ont reçu des instructions concernant la vérification des passeports. Vous avez eu de la chance, hier soir, que celui du relais de Châtillon n'ait pas très bonne vue. Moi, je me suis aperçu immédiatement qu'ils étaient faux. À Tue-Loup, ce détail n'aurait pas non plus échappé à mon oncle. C'est lui le maître de poste. Un farouche républicain. Il se serait senti obligé de vous dénoncer… Vous ne me croyez pas ?

Il attendit, sans obtenir la moindre réponse.

– Rappelez-vous, poursuivit-il. Hier, le maître de poste ne vous a pas demandé votre certificat de civisme. Pourquoi ? (Un silence.) Ce certificat, on le garde toujours avec son passeport, et il était visible que vous n'en aviez pas. C'est pourquoi je suis intervenu pour le distraire, et qu'il ne pense plus qu'il ne l'avait pas vu. Je lui ai dit : « Le bruit court qu'un nouvel impôt va être levé sur les relais de poste. » Les bruits, c'est très pratique, on peut en inventer à sa guise.

Un frôlement, il y avait eu un frôlement… Et soudain, Stan songea avec frayeur que c'était peut-être quelqu'un d'autre qui était là, un vagabond, un voyageur à pied. Et tout ce qu'il venait de dire…

Une voix de femme prononça alors :

– Il a répondu : « Qu'est-ce que tu dis, Stan ? Qui t'a… »

La phrase s'interrompit net, comme si quelqu'un essayait de l'étouffer. Il y eut un mouvement vif dans l'ombre, des chuchotements, puis une voix, masculine cette fois, demanda :

– Qui êtes-vous… Qui es-tu, citoyen ?

– Pourquoi aurais-tu fait ça pour nous ? ajouta la jeune fille.

Stan aurait pu répondre qu'il avait pris cette décision au moment où il avait aperçu les jolis pieds sanglés dans des sandales. Mais non, ce n'était pas la seule raison.

– Je ne vous vois pas, protesta-t-il, je ne veux pas parler à des ombres.

Une robe jaune paille se détacha de la nuit, suivie d'une silhouette plus petite – le garçon – et d'un homme de haute stature. C'est lui qui reprit la parole :

– Comprends que nous soyons méfiants… Mon fils est allé voir par le soupirail de l'autre côté, et il semble que tu sois seul. J'aimerais cependant que tu répondes à la question de ma fille.

Sa fille, pas sa femme ! Quelque chose comme du bonheur éclata dans la poitrine de Stan. Il leva les yeux sur Hélène et en fut de nouveau poignardé. Il aurait été incapable de la décrire, sauf ses yeux noirs et profonds, et l'envie qu'il avait de toucher son visage, de le prendre entre ses mains. Son visage avait justement la forme de ses deux mains en coupole…

– Pourquoi nous aides-tu ? répéta Hélène. Nous connais-tu ?

– Je ne vous connais pas. J'imagine que Ferré n'est pas votre vrai nom, ni Versanges…

– Hélène est mon vrai prénom, fit remarquer la jeune fille sans autre précision.

– Je suppose que vous êtes de l'ancienne noblesse. Je ne voudrais pas vous vexer mais, bien que vous soyez vêtus simplement, il reste dans votre allure quelque chose qui ne trompe pas. Et, depuis que la Terreur a décrété que tous les nobles devaient être emprisonnés, on voit beaucoup de ci-devant* en fuite… Entendons-nous : je suis favorable à la République, opposé aux anciens privilèges.

– Nous le sommes aussi, intervint l'enfant.

Stan se demanda s'il le pensait vraiment, ou si on lui avait seulement appris à le dire.

– Ce sont les excès, qui me font peur, ajouta-t-il. Je crains qu'on ne confonde justice et arbitraire. Car si nous sommes égaux, nous sommes aussi des individus. On ne

---

* Nom qu'on donnait aux nobles pendant la Révolution.

peut pas prétendre que tous les nobles se ressemblent, ni que tous les postillons soient identiques.

– Tes paroles me soulagent, répliqua l'homme. Je commençais à désespérer du genre humain. C'est donc ton sens de la justice qui t'a poussé à nous aider... Mais tu ignores qui nous sommes ?

Stan demeura un moment silencieux.

– Voyez-vous, dit-il enfin, il s'est passé en ces lieux un drame et, depuis, je ne puis m'empêcher de prendre le parti de ceux qui sont traqués. Je me méfie des chasseurs. (Il eut un rictus désabusé.) Les plus dangereux sont ceux qui possèdent soudain, par hasard, un petit pouvoir qu'ils n'ont aucunement mérité. Donne une parcelle d'autorité à un imbécile, et tu en fais un tyran... Cependant, c'est vrai, je ne sais rien de vous.

– Rassurez-vous, intervint aussitôt Hélène comme si elle devinait ses pensées, nous avons, dès le début, été d'accord avec la Révolution. La misère des paysans ne nous laissait pas insensibles.

– Nous avons toujours veillé, précisa son père, à ce que l'impôt qu'ils nous versaient ne les précipite pas dans la famine. Néanmoins la Révolution nous a révélé que c'était insuffisant. Il faut excuser notre aveuglement, nous avons été élevés dans le mépris du travail. Un noble qui s'y adonnait dérogeait honteusement...

– Vous n'avez pas à vous excuser auprès de moi, protesta Stan, je ne vous juge pas.

– Découvrir que c'était une erreur ne nous a pas déçus, ajouta Hélène, car nous vivions dans le sentiment pénible de notre inutilité.

– Nous avons accueilli chaleureusement la Révolution, reprit son père, et, avant même de savoir que nos terres nous seraient confisquées, nous les avons distribuées aux paysans. Pour vivre, nous avons installé dans nos anciennes écuries une fabrique de toile. Elle donnait du travail à beaucoup de monde et, depuis quatre ans, tout se passait bien. Et voilà que...

Sa voix se cassa et il ne poursuivit pas. Mais Stan savait : plusieurs années de mauvaises récoltes, la guerre, la famine, les hommes qui partaient se battre et n'étaient plus là pour travailler la terre... Quand le peuple n'a plus à manger, il se met en colère, il veut trouver des responsables. Les responsables, ce sont les ennemis de la République. Les ennemis de la République, ce sont les nobles...

Le jeune garçon prit alors la parole. Il ressemblait à sa sœur, avec un visage plus étroit, mangé par des yeux un peu trop grands.

– Personne n'a voulu nous défendre, s'emporta-t-il comme s'il en avait gros sur le cœur. Pourtant, je croyais qu'ils étaient nos amis !

– Ne dis pas cela, désapprouva Hélène en lui entourant les épaules de son bras, ce sont toujours nos amis. Mais, eux aussi, ils ont peur pour leur tête. S'ils nous avaient défendus, ils auraient été accusés de trahison. Nous rédiger un certificat de civisme les rendait instantanément suspects.

– Ce citoyen nous a aidés, lui, et il ne nous connaît même pas ! répliqua le garçon avec colère. A-t-il pensé à ce qu'il risquait ?

Hélène leva les yeux sur Stan... Et il aurait pu mourir à l'instant sans le moindre regret. Il ne voulait pas qu'elle le remercie. Leur rencontre allait bien au-delà de ça.

– Vous n'avez rien à craindre, répliqua-t-il vivement, je n'ai pas agi à la légère, j'ai préparé l'opération avec soin. J'ai ôté mon uniforme, trop voyant, et je l'ai laissé dans un sac, sur mon deuxième cheval. Cela m'a permis de m'activer sous les yeux du postillon, sans qu'il me reconnaisse. Je voulais qu'il me voie voler la malle du courrier et croie que c'était elle qui présentait de l'intérêt, et non vous. Le problème, c'est que je n'avais pas prévu que des bandits profiteraient de la situation pour vous détrousser et piller la malle. Heureusement, j'ai pu la récupérer. Et vos passeports aussi.

– C'est toi qui les détiens ? s'exclama Hélène avec soulagement.

– Hélas… plus vraiment. Comme quelqu'un m'avait vu les ramasser, je ne pouvais pas les cacher. Alors je les ai maculés de telle façon que les faux cachets soient illisibles. (Il ne dit pas de quelle manière il l'avait fait, mais il était content d'avoir déposé son sang sur le nom d'Hélène.) Pour l'instant, vous êtes ici en sécurité, et je vous ai apporté de quoi manger pendant quelques jours. Surtout, ne vous montrez pas. Je reviendrai dès que je pourrai, avec des passeports plus crédibles. Je cherche une astuce pour qu'on vous les refasse. On ne doit pas savoir que vous êtes vivants tant que je n'ai pas trouvé la solution.

11
Quatreveaux fils

Hyacinthe rageait. Stan avait laissé la voiture trop loin, cachée dans un bosquet, si bien qu'il n'avait rien vu. Rien qu'une robe paille et une silhouette d'homme au moment où Stan avait pris congé. Le postillon paraissait traiter ces gens avec une grande politesse. Des gens qui vivaient dans des ruines ! Et il avait emporté le sac de nourriture pour le leur laisser ! C'était vraiment très bizarre. Ah ! S'il avait pu entendre ce qu'ils disaient !

On reprendrait sûrement la route à grand train, car il ne fallait pas que le maître de poste se demande pourquoi son neveu mettait tout ce temps à effectuer l'aller et retour sur Villiers. D'autant que – Hyacinthe en aurait mis sa main au feu – Stan n'avait rien dit à son oncle de ces étranges locataires de ruines.

La voiture s'ébranla, ravivant la douleur des bleus qui couvraient son pauvre corps, et il résolut de quitter illico sa cachette pour la banquette, plus confortable. Il n'avait guère d'inquiétude : Stan filerait maintenant très vite. De toute façon, avec une voiture *de poste*, il était obligé d'aller *en poste*, c'est-à-dire au galop.

Apparemment, ils ne reprenaient pas la voie directe, mais l'ancienne route, qui évitait le relais. Dire qu'il avait cru s'absenter de l'auberge trois heures ! Ça en ferait sûrement cinq. Le maître de poste allait lui asticoter les oreilles. Resterait à mimer avec les mains des explications qui pouvaient sembler convaincantes. Quand Pancrace ne les comprenait pas, il laissait tomber. Finalement, être muet s'avérait souvent utile.

Le paysage défilait à grande vitesse. On dépassa le niveau de Tue-Loup, et on vira pour reprendre la route normale... et donner l'impression qu'on arrivait de Villiers. Qu'on n'aille pas lui dire que tout cela était naturel !

La voiture ralentissait... Hyacinthe se tenait déjà sur le qui-vive lorsqu'il entendit la trompe. Stan sonnait pour qu'on lui laisse le passage. On n'avait donc ralenti qu'à cause d'un gêneur.

Hyacinthe jeta un coup d'œil par le hublot. Il y avait une voiture de messagerie qui prenait toute la route. Stan souffla de nouveau dans sa trompe, sans aucun résultat. La voiture ne fit pas mine de s'écarter, bien qu'elle y fût obligée par le règlement.

Pas étonnant ! Il reconnaissait l'écusson rouge et bleu dessiné derrière, et qui se traduisait par : *ENTREPRISE DE MESSAGERIES QUATREVEAUX*. Il ne voyait pas le conducteur, mais c'était forcément ce détestable Jean-Baptiste, Quatreveaux fils.

Celui-là, il le haïssait. Il haïssait son sourire supérieur, la manière dont il tordait la bouche pour parler, dont il levait le menton pour vous regarder de haut. Le comble avait été son mariage avec la petite Catherine (quasiment vendue par ses parents), juste pour éviter le service militaire ! Car les hommes mariés ne partaient pas à la guerre, ils devaient simplement des heures de travail pour fabriquer des armes ou effectuer du transport. Jean-Baptiste étant déjà dans le transport, ça n'avait rien changé à sa vie.

La petite Catherine, Hyacinthe l'aimait bien, et maintenant, elle était malheureuse avec ce sale…

Aïe ! Il fut projeté contre la porte qui – heureusement – résista. Il se rassit rapidement sur la banquette et s'y cramponna. La chaise de poste reprit le galop. Curieusement, on ne dépassait pas pour autant la voiture de messagerie. Comment était-ce possible ?

Eh ! la voiture de messagerie allait aussi au galop. Elle n'en avait pas le droit ! Absolument pas le droit !

Jean-Baptiste Quatreveaux fouettait vigoureusement ses juments. À de vieilles carnes comme ça, le claquement au-dessus de la tête ne suffisait plus, surtout qu'elles avaient décidé de respecter le règlement, et de rester à un tranquille petit trot. C'est que, depuis des années, elles avaient oublié ce qu'était le galop. Eh bien maintenant, elles avaient fini par le prendre et elles le garderaient, ces bourriques !

– Tchaaa ! Tchaaa ! cria Jean-Baptiste en fouettant de plus belle.

Elles n'allaient pas assez vite, parce qu'elles étaient vieilles (c'est même pour ça qu'elles avaient échappé aux réquisitions de l'armée), toutefois ce n'était pas grave, au contraire : ça ralentirait ce petit prétentieux de Stan qui, sous prétexte qu'il appartenait à un relais de poste, faisait le bravache avec son attelage.

L'avantage que le postillon avait sur lui, c'est que ses chevaux étaient jeunes. Cinq ou six ans, pas plus, car aller toujours en poste les épuisait vite et, après ce temps, on était obligé de s'en séparer et de les envoyer aux labours ou dans les messageries, comme ses deux bourriques à lui.

– Tchaaa ! Tchaaa !

L'avantage qu'il avait sur le postillon, c'est qu'il était *devant* et que, tant qu'il ne voudrait pas s'écarter de la route, le neveu du maître de poste resterait *derrière.*

Eh ! ses haridelles décharnées ne se débrouillaient pas si mal ! Elles étaient en sueur, mais elles continuaient à galoper pour tenter d'échapper aux coups de fouet. Stan ne pourrait même pas prétendre que la voiture de messageries lui avait fait perdre du temps ; elle filait presque aussi vite que lui ! Quant à se plaindre qu'il n'avait pas respecté le règlement, il faudrait encore le prouver. Quel règlement ? Il n'avait pas vu que la voiture de poste était derrière lui. La trompe ? Il ne l'avait pas entendue. À cause des grelots de ses chevaux.

– Tchaaa ! Tchaaa !

Eh ! Qu'est-ce qui leur prenait, à ses deux abruties ? Elles quittaient la route pour foncer droit sur la mare…

La voiture se souleva d'un côté, envoyant le chargement dans les ridelles. Le choc accéléra le déséquilibre de la voiture, qui se renversa dans l'eau. Les deux juments se vautraient dans la mare en buvant avidement.

– Belle journée ! cria Stan en passant (il salua de son fouet). Avec ce soleil, les bêtes ont très soif. La vue de l'eau peut les rendre folles !

Hyacinthe pouffa de rire. Il avait raison, Stan, cheval assoiffé n'a pas d'oreilles. Il aurait pu dire aussi : « Qui veut voyager loin ménage sa monture. » Bien fait pour le fils Quatreveaux. Rouge comme un coq, qu'il était. Et le mouvement de ses lèvres disait : « Maudit porc, tu me le paieras ! »

12

À malin, malin et demi

Pancrace se sentait trahi, comme si, impuissant, il venait d'assister à une injustice. Comment se faisait-il que Grandjean se soit présenté de lui-même pour signaler qu'il avait du blé à disposition de la municipalité ? Avait-il entendu parler du Comité de surveillance, et pris peur ? Pancrace était d'autant plus contrarié qu'il restait persuadé qu'un bon exemple était salutaire. Si on avait coupé la tête à ce faux-jeton d'affameur, on aurait peut-être fichu la trouille aux autres, et récupéré des tonnes de grain, de quoi pétrir un *pain de l'égalité* convenable.

Son attention revint vers les balles de coton qui avaient été livrées la veille pour donner du travail aux vieux, aux femmes et aux enfants. Il faudrait s'occuper de ça rapidement. Ce serait plus facile que pour la distribution des rouets, la semaine précédente, puisqu'on avait déjà vérifié que les demandeurs avaient plus de sept ans et moins de quatre-vingts, et qu'ils possédaient à la fois les certificats de civisme et d'indigence. On avait aussi répertorié ceux qui étaient assez adroits pour filer, et ceux qui ne pouvaient travailler qu'à l'épluchage du coton. La distribution prendrait maintenant moins de temps.

– Nous avons reçu de nouvelles instructions du Comité de salut public*, annonça Pierre-Victurnien Quatreveaux en agitant un papier dans sa main. On nous demande de créer un atelier de fabrication du salpêtre pour la poudre à canon. Et on nous conseille de l'installer dans les cures, vu qu'il n'y a plus de curés.

– Un atelier de salpêtre ? s'ébahit l'instituteur.

– Les ordres, poursuivit le maire imperturbable, sont de visiter les caves, les écuries, les celliers, pour détecter le meilleur salpêtre. Après quoi, il suffira de lessiver les murs, de mettre le tout dans des cuves et de faire évaporer.

Quatreveaux s'interrompit un instant pour étudier le papier. Dans un silence incrédule, il reprit, en lisant cette fois :

– Pendant cette opération, il sera bon de crier de temps en temps : « Vive la République ! Mort aux tyrans ! » pour se donner du cœur à l'ouvrage.

Il y eut encore un flottement.

– Crier, ça va, déclara enfin le cordonnier, mais *lessiver* et *évaporer* ?

– C'est vrai, renchérit le maréchal-ferrant. Comment est-ce qu'on s'y prend ?

Quatreveaux se replongea dans la lettre.

– « Des cours seront donnés à Paris, lut-il. Chaque village doit y envoyer quelqu'un, qui pourra ensuite apprendre aux autres. »

Paris ! songea le maître de poste. À Paris, il y avait cette Institution des sourds-muets, qui apprenait à parler par signes. Stan voulait aller s'informer sur la méthode utilisée. Et si on l'envoyait aux cours sur le salpêtre ? Il

---

* Comité qui applique le régime de la Terreur.

est toujours bon d'apprendre de nouvelles choses, et son neveu était un garçon intelligent. Ça ne durerait que quelques jours. Pendant ce temps, on s'arrangerait : le palefrenier pouvait remplacer Stan comme postillon, Hyacinthe remplacer le palefrenier... et les filles de Rosalie aideraient à sa place à la cuisine. Oui, ça se tenait. Seulement, s'il demandait au conseil municipal de choisir Stan pour Paris, ce cher Quatreveaux aurait tôt fait de trouver une excuse pour l'en empêcher.

– Moi, déclara-t-il alors, je ne peux envoyer personne. J'ai besoin de tous mes postillons.

– Pourtant, observa aussitôt Quatreveaux, ça ferait que, pour une fois, tes postillons serviraient la patrie. Ils ne partent pas à la guerre, ils peuvent se sacrifier un peu. Ton neveu par exemple...

Le visage fermé par une colère bien étudiée, le maître de poste buvait du petit-lait.

– Je n'ai personne pour le remplacer, grogna-t-il.

– Et ton palefrenier ?

– Et qui ferait son travail ?

– C'est à toi de voir. Je suggère que Stan parte prendre ces cours de fabrication du salpêtre.

Pancrace secoua la tête avec un simulacre de découragement, avant de céder :

– C'est bon. Il faut savoir se sacrifier. J'enverrai donc Stan.

Devant cette évidente bonne volonté, Quatreveaux regretta un peu sa proposition. Il en percevait seulement maintenant les avantages. Il aurait pu envoyer son propre fils, qui conduisait ses voitures de messageries et qui n'était pas non plus à l'armée puisque, par chance, il s'était marié et avait aussitôt fait un enfant à sa femme.

Puis il songea qu'il avait bien besoin de son fils pour la petite surprise qu'il préparait au maître de poste, et ne put s'empêcher de ricaner :

– Parfait… Parfait… Et puis, tu vas voir, bientôt il y aura du nouveau. Je ne peux encore dire quoi, mais tu ne seras pas déçu.

Le « nouveau » de Quatreveaux, Pancrace s'en battait l'œil. Dès que l'entrepreneur achetait un tonneau ou une charrette neuve, il s'en vantait comme si le monde entier devait l'envier.

Rentrant à l'auberge tout guilleret, le maître de poste fut déçu de ne pas trouver Stan. Ça lui aurait fait plaisir de lui annoncer sur-le-champ la bonne nouvelle. Il chercha alors Hyacinthe – qui était concerné aussi – et ne le vit pas non plus. Où était encore passé ce fainéant ?

– Stan n'est pas revenu ? demanda-t-il à Rosalie qui fouillait avec soin dans la chevelure d'Armoire.

La servante n'eut pas à répondre, car Pancrace reprit aussitôt :

– Ah ! J'entends la chaise de poste. Il en a mis du temps !

– Il a raison de ménager ses bêtes quand il n'est pas pressé, remarqua Rosalie. (Elle attrapa adroitement un pou sur la tête de sa fille, et l'écrasa entre ses dents.) On ne sait combien de temps durera cette guerre et, les chevaux, est-ce qu'on pourra les changer ?

– Ce n'est pas faux, reconnut Pancrace. Ah ! te voilà, Hyacinthe ! Où est-ce que tu étais encore ?

Le marmiton s'embarqua dans une succession de gestes effrénés.

– Tu étais tombé dans le puits ? interpréta Pancrace, incrédule.

– Non, rectifia Rosalie. Il dit qu'il donnait à manger aux poules.

– Moi, précisa la grand-mère, je crois qu'il était à porter le crottin sur le tas de fumier.

– Ou à traire les brebis ? tenta Belle-de-Nuit qui, elle, s'occupait des poux de sa petite sœur Lettre.

Pancrace eut un geste agacé et expédia Hyacinthe à la cuisine où il avait des légumes à éplucher pour le soir.

– Et cesse de bougonner, ajouta-t-il. Quand on a des légumes à éplucher, c'est qu'on a des légumes. Et tout le monde ne peut pas en dire autant !

Il s'interrompit : il ne fallait pas qu'on risque de l'accuser de démoraliser le peuple. Fort heureusement, Stan entra à ce moment, ce qui lui permit de changer de conversation. Il l'entreprit aussitôt pour lui raconter en riant cette affaire de salpêtre et de langage des muets. Curieusement, son neveu ne parut pas extrêmement emballé. Ça lui faisait plaisir, mais le relais ne pouvait guère se passer de lui. Trop de conscience, ce garçon !

– Ne t'inquiète pas, mon neveu, nous nous occuperons de tout, insista le maître de poste.

– Du courrier, des chevaux, des diligences ?

– Mais oui. J'ai tout arrangé. Dis-moi, à propos de chevaux… j'ai voulu prendre Bastille pour me rendre chez Grandjean, et je n'ai pas pu lui passer le harnais.

– Tu perds la main, mon oncle, tu laisses trop souvent Yves harnacher à ta place ! Et comment ça s'est passé, chez Grandjean ?

– Un de ses greniers était plein, tu te rends compte ! Seulement, ce filou était allé le signaler au conseil municipal.

– C'est honnête de sa part, jugea Stan.

– Oui. *Trop* honnête, si tu veux mon avis.

13
Cas de conscience

Paris ! Deux jours avant, cette nouvelle aurait enthousiasmé Stan. Aujourd'hui…

Non, il ne pouvait pas partir comme ça et laisser Hélène dans la cave.

À l'entrée de l'écurie, il croisa Claude. Le troisième postillon empestait tellement l'alcool que, d'instinct, Stan jeta un coup d'œil vers les stalles. Victorieux se trouvait à la bonne place. Cependant…

Stan bondit et rattrapa Claude par le bras.

– Ton cheval n'est pas pansé ! Tu ne crois quand même pas que c'est Yves qui va le faire !

Claude se dégagea violemment.

– Laisse-moi tranquille, je n'ai pas trouvé de brosse.

– Tu n'as pas trouvé de brosse ? Ni la moindre éponge ? Je vais t'en trouver, moi, et tu vas nettoyer Victorieux. On manque déjà cruellement de chevaux, et je n'ai pas envie d'en avoir des malades à cause de la négligence d'un ivrogne !

– Fiche-moi la paix, cria Claude d'un air mauvais, tu n'as aucun ordre à me donner !

Stan ouvrit d'un geste de colère contenue l'armoire à matériel. Évidemment, les ustensiles étaient là, ça crevait les yeux. Claude n'avait rien cherché du tout. Il faillit lui jeter la brosse à la tête. Il reprit vite le contrôle de lui-même : ce serait une déclaration de guerre.

Depuis longtemps, il voyait bien que Claude soignait mal les chevaux et les frappait en leur reprochant d'être récalcitrants. Le mauvais ouvrier prétend toujours avoir de mauvais outils... Il renonça à toute remarque supplémentaire. Claude était trop saoul pour qu'elle porte. D'ailleurs, il était déjà sorti et se dirigeait vers l'escalier de la soupente où il vivait avec Rosalie. Stan comprenait que la servante veuille divorcer !

Autrefois, pourtant, Claude n'était pas comme ça. L'alcool lui avait détérioré le caractère... N'empêche, si ça continuait, s'il devenait un danger pour les chevaux, on finirait par lui retirer sa plaque de postillon.

Stan se munit d'un *couteau de chaleur* pour ôter la sueur de ses chevaux, et d'une brosse en poil de baleine qui devait venir à bout des croûtes de terre collées partout.

Il rejoignait Liberté et Révolution qui se restauraient dans leur stalle, quand les paroles de son oncle lui revinrent. Il n'avait pas réussi à harnacher Bastille ?

Bastille... un percheron de l'attelage de Claude !

Il revint sur ses pas, jeta un coup d'œil à l'animal, et contourna la croupe assez au large car Bastille avait la sale manie de lancer des coup de pied *en vache*, sans soulever l'arrière-train, et qui prenaient donc en traître. Le cheval piaffa d'un air agacé quand il pénétra dans la stalle.

– Calme...

À ce moment, un tas de fourrage tomba du fenil situé au-dessus, et la tête d'Yves se montra à la trappe.

– Fais attention, prévint le palefrenier, Bastille est

énervé, aujourd'hui, je ne sais pas pourquoi. Justement, je voulais aller voir s'il n'était pas blessé.

Stan considéra un instant le cheval, puis il saisit le harnais de tête accroché au poteau d'entrée et le tendit vers lui. Bastille rabattit aussitôt les oreilles en arrière.

– Hum hum… Il ne veut pas de son harnachement.

– Il refuse de travailler ? s'étonna Yves. Pas son genre !

Stan examina le cheval avec plus de soin. Sur l'encolure, le poil était usé, comme si quelque chose avait frotté.

C'est à cet instant qu'Yves, qui avait dévalé l'escalier du fenil pour venir voir de plus près, s'affala dans l'allée en poussant un juron. Claude avait laissé son fouet au beau milieu du chemin.

Il ramassa l'instrument et, surpris par son contact, l'examina.

– Le salaud ! lança-t-il avec fureur. Il a trempé la lanière dans de la glu et de la limaille de fer, pour faire mal ! Ignoble individu ! L'autre jour, déjà, je l'ai surpris à frapper à coups de manche de fouet sur la tête de Travail.

– Tu lui as dit que ça donnait la taupe* ?

– Tu parles ! Il a ricané, c'est tout.

– S'il y a une chose que je ne supporte pas, fulmina Stan, c'est qu'on maltraite les chevaux. En plus, ça les rend agressifs et butés. Si Bastille refuse de travailler…

– Je vais le reprendre en main, rassura Yves. Je pense que c'est encore rattrapable à condition de l'enlever d'urgence à Claude. Il faut en parler à Pancrace.

– Je m'en occupe, déclara Stan.

---

* Lésion en forme de galerie, dans la chair.

En revenant vers le bâtiment de l'auberge, il songea toutefois que, si Claude perdait son travail, il boirait encore davantage et – qui plus est – sur l'argent de Rosalie qui en avait bien besoin pour élever les gosses. Il s'arrêta un instant au bord du bassin. Pouvait-il en conscience faire renvoyer Claude ? La voix de son oncle qui monologuait avec Hyacinthe dans la cuisine lui parvenait vaguement. Il n'allait pas lui parler tout de suite. Il lui fallait d'abord envisager les différents aspects du problème.

Seulement, au lieu de se concentrer sur le problème du troisième postillon, l'esprit de Stan vola vers une cave qui s'enfonçait sous des ruines.

– Plus rapide, le tour de main, encouragea Pancrace, sinon des grumeaux vont se former.

Hyacinthe accéléra le mouvement de sa cuillère dans la casserole.

– Comme je te le disais, un maître de poste doit être vigilant. Dans un relais, on voit passer tout ce qui court sur la route. Tu sais que c'est grâce à un maître de poste que Louis-le-seizième a été arrêté avant la frontière. On a prétendu qu'il avait été enlevé, alors qu'en réalité il fuyait. Pour garder ses privilèges, il fuyait son peuple, tu te rends compte !

Hyacinthe opina du chef sans cesser de remuer la sauce.

– Le maître de poste qui l'a arrêté à Varennes se rengorge maintenant, mais il n'avait pas été assez vigilant : il l'avait laissé franchir son relais de Sainte-Menehould. Moi, en voyant arriver deux voitures privées – une grosse berline jaune et vert à six chevaux et un cabriolet – j'aurais été plus intrigué. J'aurais mieux vérifié les passeports.

Des faux ! La reine voyageait sous le nom d'une certaine *baronne de Korff*, allant à Francfort avec une amie (tu parles, la citoyenne Élisabeth, la sœur du roi !), deux enfants, un valet de chambre et trois domestiques. Et le soi-disant valet de chambre, c'était le roi !

Hyacinthe pouffa de rire. Il connaissait l'histoire par cœur, mais il l'adorait. Surtout le moment où Pancrace prononçait : « Il voulait certainement rejoindre son traître de frère, le ci-devant Charles Philippe de Bourbon, comte d'Artois. » Hyacinthe adorait la musique de ces mots : « Charles Philippe de Bourbon, comte d'Artois. »

– Les voitures avaient roulé toute la nuit, reprit Pancrace, et toute la journée. Dans l'après-midi, les chevaux en sont morts d'épuisement. Ça aurait dû mettre la puce à l'oreille, ça ! Une étrangère qui rentre chez elle tellement vite et avec tellement de bagages qu'elle en crève ses chevaux... Bref on change l'attelage et, sur le soir, les voitures arrivent enfin au relais de Sainte-Menehould. On remplace de nouveau les chevaux, mais on ne passe pas la nuit, on repart. Ça aussi, c'est louche tu vois. Le maître de poste Drouet aurait dû le comprendre. Enfin, la chance était avec lui. La voiture à peine repartie, un messager vient lui annoncer que le roi a fui avec sa famille. Alors il se rappelle le visage du soi-disant valet, dont le profil lui rappelait quelque chose. Évidemment, c'était celui qui figurait sur les pièces de monnaie ! Il dit : « C'est le roi, j'en suis sûr. » Il saute à cheval et se lance à la poursuite de la voiture.

Pancrace disait toujours cette phrase avec de l'envie dans la voix. Il aurait voulu être à la place de ce Drouet, et foncer à cheval. Hyacinthe s'y voyait aussi très bien. Dans le journal, on aurait lu : *« Un jeune marmiton muet sauve le peuple de France en arrêtant le roi.* » C'était d'autant plus rageant que Sainte-Menehould n'était pas loin d'ici. Le roi aurait tout aussi bien pu gagner la frontière par leur relais de Tue-Loup !

– À dix heures et demie du soir, poursuivit Pancrace, les voitures arrivent à Varennes. Il fait nuit. Il faut absolument qu'ils changent de chevaux, mais ils n'arrivent pas à trouver le relais. Ils ne sont qu'à cinquante kilomètres de leur destination, tu te rends compte ! Drouet barre le pont. Et quand la voiture s'arrête, il dit : « Bonjour, Sire... » Ah ! Sang de ma vie ! Dire que j'aurais pu prononcer ces paroles. « Bonjour, Sire ! »

Hyacinthe arrêta sa cuillère. Voilà qu'il songeait tout à coup aux passagers qui avaient disparu de la malle-poste. On n'avait pas retrouvé leurs corps. Or l'attaque avait eu lieu au Pas-du-Diable, tout près de Lars... Se pouvait-il que ces gens, qui se trouvaient au château... ?

Ils se cachaient. Quand on se cache, c'est qu'on a peur. Et si, eux aussi, étaient des ci-devant en fuite ?

Le cœur de Hyacinthe se mit à battre à grands coups. Il craignait que Stan ne se mette en grand danger en aidant des traîtres, parce que la punition pour ça, c'était l'échafaud.

Il ne voulait pas que Stan soit guillotiné ! Il ne voulait pas ! Que faire ?

14
Un sale coup

Yves rapporta un seau de cuir plein d'eau. Il avait harnaché Victorieux et Fraternité, deux des percherons de Claude, qui devaient emmener la malle-poste de Paris, mais avait laissé Bastille à l'écurie. Pour le remplacer, il avait choisi une jument à qui les deux autres ne feraient pas de difficulté. Ensuite, il avait voulu préparer les bêtes de Stan pour la diligence, et c'est là qu'il avait vu qu'Union n'allait pas bien. Il arborait un air triste et refusait obstinément de se lever. Était-il simplement fatigué ? Un repas de son, peut-être, le requinquerait…

Yves posa le seau près de lui.

– Vas-y, bois !

Le cheval remua vaguement les oreilles, rien de plus. Cela acheva d'inquiéter le palefrenier, qui lui tâta aussitôt les flancs.

Ventre gonflé. Avait-il bu de l'eau trop froide, ou polluée ?

Pouah ! Union venait d'émettre un pet horriblement puant, suivi d'une giclée de diarrhée. Yves courut chercher de la paille pour refaire la litière.

Quand Stan pénétra dans l'écurie, il fut désagréablement surpris par l'odeur. Yves était à genoux près d'Union, et lui donnait à boire à la bouteille.

– De l'eau salée ? s'inquiéta-t-il.

On ne donnait de l'eau salée aux chevaux que pour les assoiffer, dans le cas où il était impératif qu'ils boivent. Par exemple en cas de diarrhée.

– Il ne veut même pas se lever, répondit Yves préoccupé, et il est tout triste.

Stan s'accroupit près du cheval.

– Qu'est-ce que tu as, vieux compagnon ?

S'il l'avait emmené la veille, il aurait pu se sentir coupable de l'avoir fait trop galoper, mais le cheval avait passé la journée à l'écurie pour se reposer.

– Je vais lui préparer une pilule cordiale, décida-t-il.

Derrière eux, une voix moqueuse grinça :

– Donne-lui donc plutôt un bon coup de vin !

C'était Claude. Son visage avait une expression matoise qui mettait mal à l'aise.

– Tu ne les traites pas assez bien, tes chevaux, ricana de nouveau le troisième postillon. Tu ne sais pas t'en occuper.

Il attrapa le fouet qu'il était venu rechercher et sortit.

Jean, le deuxième postillon, entra alors. C'était un homme discret, grand et très maigre, qui ne parlait guère qu'à ses chevaux. Il se retourna pour regarder Claude s'éloigner avec une grimace réprobatrice.

– Malade ? s'informa-t-il enfin en s'approchant d'Union.

Il plissa le front puis, lentement, tourna la tête vers la porte par laquelle Claude avait disparu.

Ce fut comme un déclic dans l'esprit de Stan. Union avait pu être empoisonné ! De l'if, du buis, du sumac, du bois joli, la liste était longue de ce qui pouvait tuer un cheval en quelques heures.

– Il faut appeler le vétérinaire, lança-t-il aussitôt.

– Pas le maréchal ?

– Non. Si c'est ce que je pense, le maréchal-ferrant ne pourra rien. Je préfère quelqu'un qui ait fait des études. Cours chercher le vétérinaire, vite !

En passant près du bassin pour aller chercher poivre, sel et piment qui entraient dans la composition de la pilule cordiale, Stan s'aperçut que Justice, la jument, était restée là. Claude n'était parti qu'avec Victorieux et Fraternité. Deux chevaux seulement pour la malle-poste ? Le courrier circulait donc avec une simple *brouette*, minuscule charrette où il n'y avait de place que pour la malle à lettres. Quelque chose le gêna dans cette idée mais, préoccupé par Union, il n'eut pas le temps d'y penser davantage.

Pancrace n'arrivait pas à fermer l'œil. D'habitude pourtant, le claquement des sabots dans la cour ne troublait pas son sommeil. C'était cette affaire de Comité de surveillance qui l'empêchait de dormir. Et surtout d'avoir, à ce titre, à s'occuper de l'attaque de la malle-poste.

De prime abord, retrouver un espion qui devait être loin lui avait paru tellement impossible qu'il n'y avait même pas songé ; seulement on pouvait lui reprocher de n'avoir rien tenté pour l'identifier.

Il repensa soudain aux voyageurs. Le sang sur les passeports prouvait que celui qui les portait avait été blessé, cela ne signifiait nullement qu'ils étaient tous morts ! Il fallait retrouver leur trace. S'ils étaient encore en vie, ils sauraient donner le signalement de l'homme masqué. Ils avaient pu remarquer un détail…

Où étaient-ils ? Sans leurs passeports, ils ne pouvaient aller bien loin.

Pancrace s'assit dans son lit. Il s'était couché au chant du coq et voilà que les rayons du soleil frappaient tout juste ses persiennes. Il n'avait donc pratiquement pas dormi. Tant pis. Sa priorité était de remettre la main sur les victimes. Si ces trois-là étaient vivants, ils avaient sûrement trouvé refuge dans un des hameaux alentour. On devait partir à leur recherche sans tarder.

Pancrace passa rapidement un pantalon et une chemise, qui suffirait, car le temps semblait enfin se mettre au beau.

Dans la salle de l'auberge, tout était calme. Les voyageurs étaient repartis à l'aube et, seul à une table, le cordonnier buvait un bol de cidre. Depuis qu'il était veuf, il prenait ses repas à l'auberge. Il fut surpris de voir descendre le maître de poste.

– Déjà levé ?

– Avec cette affaire de Comité de surveillance, je n'ai plus guère le temps de dormir.

– C'est comme moi, répliqua le cordonnier. On m'oblige à livrer cinq paires de souliers par décade pour l'armée. Cinq paires par ouvrier tous les dix jours, rends-toi compte ! En plus de notre travail ordinaire, bien sûr !

– Tu n'y perds pas, consola Pancrace. La municipalité te fournit le cuir et paye les souliers.

– On nous paye franchement peu pour ce qu'on nous demande ! Remarque, je pourrais bâcler le travail et tricher sur la qualité... sauf que je suis bon citoyen, et que je ne voudrais pas fournir à nos soldats des souliers-éponges.

Pancrace faillit rappeler que, surtout, il pourrait être emprisonné pour ça. Il renonça. Au conseil municipal, le cordonnier était plutôt de son côté, et on n'était jamais trop nombreux quand il s'agissait de s'opposer à la bande de Quatreveaux.

– Ça me fait penser…, glissa-t-il. Ton fils Philippe est bien commandant de bataillon de la Garde nationale ?

Il le savait pertinemment, mais caresser dans le sens du poil était une excellente politique : à donner aux autres l'occasion d'étaler leurs sujets de fierté, on était souvent gagnant.

– Parfaitement, rebondit aussitôt le cordonnier. Commandant de bataillon à trente ans, rends-toi compte ! Ce n'est pas au temps des rois qu'on aurait vu ça ! Un grade aussi important ne pouvait être occupé que par un ci-devant. Maintenant, on sait reconnaître la vraie valeur. Vive la Révolution ! (Il tapa du poing sur la table.) … En plus, le costume lui va bien. Normal, tout lui va. Non content d'être vaillant et intelligent, c'est un sacré beau garçon, mon fils !

Pancrace songea qu'il n'y avait, dans tout le district, aucun jeune homme plus beau et plus intelligent que son neveu Stan. Cependant il s'abstint d'en faire la remarque.

– Habit bleu de la nation à parements et revers écarlates, poursuivait le cordonnier en les dessinant sur sa blouse à grand renfort de gestes, collet blanc, épaulettes jaunes, boutons dorés, culotte blanche, bottes… J'ai tenu à confectionner moi-même ses bottes, tu penses !… Mais pourquoi me parles-tu de Philippe ?

– C'est à cause de la Garde nationale. Une idée m'est venue : les voyageurs qui ont été détroussés dans l'attaque de la malle-poste pourraient nous être utiles pour identifier les brigands qui les ont dévalisés et l'espion qui s'est emparé de la malle. Si on envoie une compagnie de la Garde nationale quadriller le territoire, on devrait retrouver leur trace.

– Dommage que Philippe ne soit plus ici, il aurait mené cette affaire rondement.

– Eh oui… J'espère que le nouveau commandant saura s'en tirer.

– Philippe est à Reims, maintenant ! reprit le cordonnier. Une grande ville ! Et tiens-toi bien, il m'a raconté que, pour les fêtes du 14 Juillet, ils ont construit une réplique de la Bastille. Et ils l'ont attaquée. Avec des royalistes qui la défendaient. Tous les royalistes ont été tués !

– Tués ? s'ébahit Pancrace.

– Oui, mais c'étaient juste des hommes en paille. Ah ! Ils savent s'amuser, dans les villes !

Ils furent interrompus par l'arrivée du vétérinaire, qui surprit grandement Pancrace. L'homme prétendit avoir été convoqué par Stan pour un cheval malade.

Tout en lui indiquant le chemin de l'écurie, Pancrace se demandait ce qui avait pris à son neveu. Ça risquait de faire des histoires, vu que le maréchal-ferrant et le vétérinaire se détestaient cordialement, et se traitaient l'un l'autre de « scientifique véreux », et de « charlatan empirique ».

À la réflexion, la présence du vétérinaire ne lui déplaisait pas tant que ça. Il n'aimait pas beaucoup ce maréchal, qui avait une petite tendance à se prendre pour l'Être Suprême lui-même. L'*Être Suprême* n'avait pas apprécié la création… de l'École vétérinaire et, depuis, c'était la guerre. Le maréchal ne ratait pas une occasion d'ironiser sur « ces jeunots qui se croyaient savants sous prétexte qu'ils possédaient des livres », quand seules

« l'expérience et quelques paroles magiques venaient à bout des maladies ».

– Tu fais appeler le vétérinaire ? s'étonna le cordonnier en se levant pour partir.

– Pour ce genre de problème, oui, répondit Pancrace sans même savoir de quel problème il s'agissait, mais prenant aveuglément le parti de son neveu.

La porte s'était à peine refermée qu'il réalisa qu'avec une langue aussi bien pendue que celle du cordonnier, le conseil municipal serait vite au courant de ce qui venait de se passer. Or, le maréchal-ferrant faisait partie du conseil. Le vétérinaire, non.

Pancrace soupira. Tant pis ! On n'y pouvait plus rien ! Maintenant, il fallait qu'il s'occupe de cette affaire des voyageurs de la malle-poste.

Il saisit son bonnet phrygien et sortit.

15

Mauvais accident au mauvais endroit

– Il était temps d'intervenir, constata le vétérinaire en s'essuyant les bras dans un chiffon. Il est passé bien près de la mort. Qu'est-ce qu'il a mangé ?

Yves eut un geste désolé et secoua la tête avec découragement. Il ne voyait pas, non… Il veillait toujours attentivement à la nourriture des chevaux, et passait des heures à leur cuisiner de savants mélanges de légumes pour les maintenir en forme. Il cultivait même personnellement pour eux des panais, des féveroles, du trèfle, allait ramasser les châtaignes, le tilleul, à la saison, et faisait les yeux doux aux laitières pour qu'elles lui laissent du lait à mélanger avec le son. Non, il n'était pas responsable d'un empoisonnement. Il parlerait avec Stan, à propos de Claude… Quand Stan aurait le temps car, pour l'instant, il ne pouvait rester : la diligence était arrivée et elle était pressée. On avait dû sortir le grand attelage, les six chevaux. La vie de postillon était vraiment infernale. Tout était toujours urgent. On prenait garde à la fatigue des bêtes, mais celle des hommes ne comptait pour rien.

Son attention fut attirée par des signes, qu'on adressait à Stan depuis le porche. N'était-ce pas le mendiant ?

Il serait bien allé y voir, sauf qu'il n'avait pas envie de laisser Union seul. Il n'eut que le temps d'entendre Stan demander ce qui se passait. Il rentra dans l'écurie. Après tout, si ça le concernait, Stan viendrait lui en parler...

– J'étais parti vers Châtillon, expliqua le mendiant, et j'ai aperçu le courrier et un de vos postillons, en sale posture. Le cheval qui tirait la brouette de poste était affalé sur le chemin.

Le premier mot qu'avait perçu Stan était *Châtillon*, et ça lui avait donné des palpitations. Si Claude et le courrier étaient en panne du côté de Lars...

Dans un deuxième temps, il eut la révélation de ce qui l'avait frappé auparavant en voyant la jument dans la cour : Claude était parti avec deux bêtes seulement, une pour la malle, une pour lui-même. Cela signifiait que les chevaux n'étaient pas en attelage. Or l'un des deux était Fraternité !

Fraternité souffrait de ce mal provoquant de soudains évanouissements, et on ne le laissait donc jamais partir autrement qu'attelé, avec un cheval de chaque côté qui l'empêche de tomber en cas de crise.

– J'ai sauté dans la première charrette qui passait, poursuivit le mendiant, et je suis revenu vous avertir. Pour la peine, je mangerais bien un morceau. T'aurais pas pour moi un reste de nague ?

Stan lui jeta un regard surpris.

– Un morceau de poule, quoi ! reprit le mendiant.

– Oui, j'avais compris. Va demander à mon oncle.

Stan fixa un moment l'homme qui disparaissait vers la cuisine. C'était la première fois qu'il l'entendait parler en argot, et *nague* était de l'argot de brigands.

Il pensa aussitôt à ceux qui avaient détroussé les voyageurs, puis à la route de Châtillon. Il n'avait même pas demandé où, exactement, se trouvait l'équipage sinistré. De toute façon, il ne pouvait rien y faire car, déjà, les passagers de la diligence quittaient l'auberge pour venir vers lui. Or il les emmenait vers le nord, pas vers Châtillon qui se trouvait sur la route de Paris. Jean était parti, et Yves avait à s'occuper d'Union…

Stan croisa alors le regard de Hyacinthe, un regard éloquent. Il hésita un instant.

– C'est d'accord, décida-t-il finalement, prends un petit breton, Sarrasin par exemple. Et emmène Égalité pour remplacer Fraternité.

Hyacinthe fit un signe de main devant son nez signifiant « ivre » (ce qui désignait Claude), suivi d'un mouvement vif de bras qui disait « s'en aller ». Il avait raison, cette fois c'était trop. Claude devenait dangereux. On devait le mettre à la porte.

Hyacinthe n'était pas encore très costaud et il avait eu du mal à soulever la selle pour la poser sur le dos de Sarrasin, cependant il avait énergiquement refusé l'aide d'Yves car, s'il avait besoin d'assistance, on le jugerait incapable de devenir postillon. D'ailleurs, Yves avait exprimé quelque réticence à le laisser partir. Hyacinthe avait dû jurer que c'était Stan qui l'envoyait en course.

Et puis qui y serait allé ? Même si Fraternité se relevait rapidement, Claude ne pouvait continuer avec lui en poste. Il lui fallait donc un cheval de rechange.

À cette heure de la matinée, il y avait du mouvement dans la cour. Les enfants de Rosalie l'arpentaient pour dénicher les œufs pondus hors du poulailler, les cochons fouillaient dans le fumier, les laitières papotaient, le bourrelier et son apprenti s'étaient installés près du hangar aux diligences pour vérifier les cuirs des harnais. Hyacinthe s'avisa que le berger poussait les brebis dehors par la porte du fond – celle que les attelages n'utilisaient jamais car elle était trop basse pour les voitures – et décida de sortir par là. Cela lui éviterait de croiser Pancrace.

Les cheveux volant au vent, il riait sur la route, priant le ciel pour que le lieu de l'accident soit loin, assez loin pour le laisser profiter pleinement de sa liberté. Le maître de poste verrait enfin comme il se débrouillait bien avec les chevaux ! Non seulement il montait Sarrasin, mais il menait en même temps Égalité à la main. Sans problème.

Il dépassa les deux premiers hameaux au grand galop. C'est ensuite qu'il aperçut sur sa gauche une allée cavalière. Eh ! Il la connaissait ! C'était celle qu'il avait empruntée avec Stan ! Aucun doute : il distinguait la croix abattue, couchée dans l'herbe au carrefour. Il n'hésita qu'un bref instant… Il s'y engagea.

Oui. C'était bien l'endroit.

De crainte qu'on entende les chevaux, il ralentit leur course. Trop tard ! Une silhouette se précipitait vers les ruines pour y disparaître. Ainsi, ils étaient toujours là, et sa présence les avait effrayés. Des gens qui ont peur peuvent devenir dangereux.

Hyacinthe poursuivit sa route comme s'il n'avait rien vu, et ressortit par l'autre allée, en regardant derrière lui avec la crainte de voir surgir un fusil.

Il était hors de portée. Ouf ! En tout cas, aucun doute là-dessus, ces gens avaient quelque chose à se reprocher. Ils étaient recherchés ? Alors Stan était en danger !

16
Une promotion inespérée

Pancrace sursauta. Il venait de voir Hyacinthe s'engager sous le porche, à cheval et venant de la rue, il n'avait pas rêvé !

Il traversa la cuisine et se précipita dans la cour. Les chevaux qui y débouchaient étaient Sarrasin et Fraternité et, sur le dos du postier breton, Hyacinthe en personne.

– D'où est-ce que tu viens, toi ? cria Pancrace, les poings sur les hanches.

Hyacinthe sauta souplement à terre à l'opposé du côté où se trouvait le maître de poste et, à l'abri du cheval, fit des gestes désignant Fraternité et la direction de Châtillon, auxquels Pancrace ne comprit évidemment rien.

Fort heureusement, Yves sortit de l'écurie et s'informa :

– Alors, tu t'en es tiré ?

Hyacinthe eut un petit rire silencieux, qu'il accompagna d'un signe affirmatif.

– Il est allé au secours de Claude, expliqua le palefrenier, pour récupérer Fraternité qui a eu une crise.

– Fraternité ? Il n'était donc pas en attelage ?

Yves eut un geste d'impuissance.

– Notre vaillant marmiton a emmené Égalité pour le remplacer. Conduire deux chevaux en même temps, sacré cavalier, hein !

Hyacinthe rosit de plaisir en lançant un regard en coin à Pancrace. Malheureusement, il ne put guère profiter de son triomphe, à cause du souci que lui donnait cette affaire de Lars. S'il avait su comment dire que l'accident avait eu lieu près du château, ça lui aurait permis de prévenir le maître de poste de ce qui s'y tramait, et du pétrin dans lequel s'était fourré Stan. Car Pancrace aimait trop son neveu pour lui laisser courir le moindre danger. Ce langage par signes, dont avait parlé le mendiant, lui aurait été drôlement utile.

– Ce Claude, grogna Pancrace, j'en ai plus qu'assez ! Si je n'avais pas vraiment besoin d'un postillon…

– Il vaut mieux pas de postillon du tout qu'un postillon qui vous tue vos chevaux, fit remarquer Yves.

Il hésita à dire qu'il soupçonnait Claude d'avoir empoisonné Union pour se venger des remarques de Stan, et se contenta finalement d'ajouter :

– Il est devenu dangereux pour les chevaux.

– Hélas, impossible de fonctionner avec seulement deux postillons !

Hyacinthe, qui s'était éclipsé sans qu'on s'en aperçoive, refit alors son apparition à la porte de la pièce de repos réservée aux postillons de passage, et qui s'ouvrait sous le porche. Il tenait en main un uniforme bleu et rouge, le plus petit de ceux qu'il avait trouvés dans la malle, mais quand même visiblement trop grand.

Pancrace ne put s'empêcher de rire.

– Tu rêves éveillé, dit-il. Tu vois bien qu'aucun habit de postillon ne t'ira ! C'est qu'on n'a pas prévu des postillons de onze ans, bougre d'âne ! Tu es trop jeune, sur quel ton faut-il te le dire ? Tu ne sais pas que c'est un métier d'homme, un métier dangereux, et que beaucoup sont morts au service de la malle-poste* ?

Yves prit sans brusquerie l'uniforme des mains de Hyacinthe.

– Et moi ? dit-il. J'ai dix-sept ans…

– Tu es palefrenier, et on a besoin d'un palefrenier.

– Hyacinthe s'y connaît déjà pas mal. Si je lui apprenais…

Pancrace songea que si Yves devenait postillon, il ne partirait pas pour l'armée, ce serait toujours ça de gagné pour lui et pour le relais.

– Oui, mais Rosalie, soupira-t-il, Claude est son mari…

– Plus pour longtemps ! s'exclama la servante en sortant côté auberge. Je demande le divorce. J'en ai assez de cet ivrogne bon à rien. Jetez-le dehors, ça ne me fait ni chaud ni froid, il l'a bien cherché. Et ne vous inquiétez pas pour lui : avec leurs fils à la guerre, les paysans cherchent des bras pour les champs. Il pourra ronfler tout son saoul dans les fossés après le travail sans nuire à personne.

Pancrace sembla fléchir. Se débarrasser de Claude lui aurait été un grand soulagement.

– Et la cuisine ! protesta-t-il finalement. Si Hyacinthe n'est plus là…

– Il y a Belle-de-Nuit et Armoire. Elles vont avoir six et sept ans, elles peuvent aider. Après l'école hein ! Parce que je veux qu'elles aillent à l'école ! Moi, j'y ai jamais été, et le citoyen Condorcet a dit que c'est comme ça qu'on maintient les femmes en infériorité.

---

* La plus célèbre attaque de la malle-poste est celle du courrier de Lyon, en 1796.

Hyacinthe s'agita pour montrer que, faute de mieux, l'arrangement lui convenait. Puis, sans plus écouter, il conduisit les chevaux vers le grand bassin.

Les chevaux devaient boire avant de manger et non l'inverse, sinon ils attrapaient des coliques. Ensuite, il fallait leur laver les jambes et les sécher soigneusement si on ne voulait pas que l'humidité leur provoque des crevasses qui vireraient à la gangrène. Après, les panser. Car s'ils restaient crottés, ils attrapaient toutes sortes de sales maladies. C'est qu'il n'était pas tombé de la dernière pluie, lui ! Il était le nouveau palefrenier, et il avait décidé de prendre ses fonctions sur-le-schamp.

– Hyacinthe, cria alors Pancrace. Interdiction formelle de pénétrer dans l'écurie sans sabots, hein !

D'accord. Pendant le pansage, les chevaux, avec leur manie de se dandiner d'un pied sur l'autre, pouvaient vous écraser les orteils comme rien.

Hyacinthe se frotta le bas du dos. Ouille ouille ouille ! L'avantage de palefrenier sur postillon, c'est que ça échauffait moins les fesses, il fallait voir le bon côté des choses. Il regarda vers l'auberge. Personne ne lui prêtait plus attention. Parfait… Il s'assit entre les têtes des chevaux, le derrière dans le bassin. Ouf ! Ça faisait du bien !

La nuit était tombée quand Stan revint avec l'attelage qui avait emmené la diligence. Sous le porche d'entrée, une voiture se tenait prête à partir, ce qui l'empêchait de rentrer ses bêtes. Il les arrêta donc devant la fenêtre de la pièce des postillons. Il les débarrasserait de leur harnachement plus tard.

– Alors, demanda-t-il en pénétrant dans la grande salle, comment va Union ?

– Mieux, répondit Pancrace. Mais cette affaire de vétérinaire… Il faudra que je t'en reparle.

Il ne dit rien de plus car les deux voyageurs propriétaires de la voiture qui bouchait le porche s'approchaient du comptoir pour payer. À part eux, l'auberge était vide. Il y avait si peu de chevaux disponibles qu'on évitait de courir les routes sans nécessité.

Rosalie arriva avec une grande chope sur laquelle était dessinée la traditionnelle petite guillotine qui ornait toute la vaisselle de l'auberge.

– Claude est parti, souffla-t-elle en tendant la bière à Stan.

Et, comme le jeune homme lui adressait un regard interrogatif, elle ajouta :

– Le travail de la terre lui convient mieux.

Incroyablement soulagé par cette nouvelle, Stan hocha la tête.

– Et l'accident ? s'informa-t-il rapidement.

– Tout va bien.

– Tu sais où il a eu lieu ?

– Du côté du Pas-du-Diable. Mauvais nom, ça.

– Il ne s'est rien passé de particulier, en dehors de l'accident ?

– Ma foi… Qu'est-ce qui aurait pu se passer ?

– Je veux dire, mentit Stan, Hyacinthe est bien jeune…

– Il s'en est tiré parfaitement. Moi, j'avais confiance. Il est débrouillard, ce petit !

– Bon, bon, murmura Stan.

L'instant d'après, son esprit était reparti vers les réfugiés de la cave de Lars, et il se sentit envahir par un mélange de bonheur et d'anxiété.

Dehors, l'enseigne marquée RELAIS DE POSTE DE TUE-LOUP grinçait dans le petit vent qui s'était levé, et la flamme de la lanterne vacillait. Une ombre s'approcha furtivement de l'attelage attaché dehors et s'affaira un instant sur une des bottes qui pendaient au flanc du cheval porteur.

Quand la porte de l'auberge se rouvrit sur Stan, il n'y avait plus personne auprès des chevaux. La voiture des deux voyageurs était en train de s'éloigner, et Hyacinthe débouchait en trombe en exécutant une invraisemblable série de gestes excités.

– Parle moins vite, s'exclama Stan, je ne comprends rien.

Pour toute explication, Hyacinthe lui fit signe de ne s'occuper de rien et d'aller manger à l'auberge. Après quoi il sauta sur le cheval porteur, glissa fièrement ses pieds dans les bottes de sept lieues, et s'éloigna comme un dieu sur son nuage.

Stan secoua la tête. Le gamin avait l'air sûr de lui. S'était-il passé en son absence des choses qu'il ignorait ? Est-ce que cela avait à voir avec le départ de Claude ?

Intrigué, il rentra dans la salle d'auberge. Les voyageurs partis, on pourrait avoir quelques nouvelles.

Hyacinthe se réveilla subitement. Il avait entendu quelque chose. Ce n'était peut-être rien d'inquiétant. Il manquait d'habitude et ne connaissait pas les bruits nocturnes de l'écurie. Le souffle des chevaux, les froissements de litière, les petits coups de sabot sur le bois, ne ressemblaient pas aux bavardages des voyageurs auxquels il était accoutumé. Maintenant que son grade de palefrenier l'obligeait à dormir dans l'écurie, il devrait s'y faire. Il eut un clin d'œil amical pour la lanterne qui veillait au pied de sa couchette. Il était palefrenier en titre !

Eh ! là, il y avait eu un bruit anormal, tout de même ! Comme si un cheval sortait à pas mesurés.

« Le coffre à grain ! songea-t-il, catastrophé. Pourvu que je n'aie pas oublié de le refermer ! » Il bondit de sa couche, alluma sa petite lanterne portable à la grande et, le cœur battant, longea prudemment les stalles.

Là ! Dans le secteur des postiers bretons, une stalle était vide ! Il manque Orage, la voisine de Sarrasin ! Orage appartenait aussi à l'écurie de Stan.

Hyacinthe jeta un regard soupçonneux vers la porte. La jument n'avait pas été volée, il en aurait mis sa main au feu. D'ailleurs, il n'y avait eu dans l'écurie aucun signe d'énervement, ce qui signifiait que la bête connaissait fort bien son cavalier. Hyacinthe aurait aussi mis sa main au feu qu'elle serait là demain à l'aube, brossée, étrillée, juste un peu fatiguée d'avoir avalé vingt kilomètres dans la nuit. Orage était partie pour Lars. C'était une jument d'un brun presque noir, qui se fondait discrètement dans la nuit.

17
Étranges découvertes

Le maréchal-ferrant contempla un instant la façade bleu-blanc-rouge de l'auberge, et un rictus malveillant déforma son visage.

Quand il pénétra dans la salle, son rictus avait disparu. Il agitait dans sa main le tranchet dont il se servait pour raccourcir les sabots des chevaux avant d'y fixer de nouveaux fers et lança :

– On me dit que tu as des bêtes à ferrer !

Pancrace eut un tic nerveux qui lui tira la joue. Il était persuadé que personne n'avait demandé le maréchal, mais jugea judicieux de ne pas en faire la remarque.

– Sur nos chemins, répondit-il, les fers s'usent moins vite que sur les pavés… Néanmoins, une vérification est toujours prudente.

C'était bien. Une phrase qui montrait qu'on pourrait se passer du maréchal, sans avoir l'air de l'affirmer.

– Tu l'as dit, répliqua le maréchal. D'autant que les vétérinaires, c'est trop prétentieux pour s'occuper de ces petites choses pourtant si importantes.

« Nous y voilà ! » songea Pancrace.

– C'est du genre qui ne croit qu'à la science, ajouta le

maréchal d'un ton fielleux, et qui ne sait rien de la nature de la bête.

En signe de paix, le maître de poste lui tendit une tabatière ornée de la traditionnelle guillotine. En signe de paix, et peut-être un peu comme une menace. Le maréchal prit du tabac en se gardant ostensiblement de s'intéresser à l'objet, et sortit sa pipe de sa poche.

– J'ai entendu dire, reprit-il, qu'on a vu chez Sicoin plusieurs cochons. Je n'ai pas de conseil à te donner, sauf que le Comité de surveillance devrait peut-être s'en occuper.

Au fond de l'auberge, assis à une table devant la fenêtre ouverte, Stan grignotait un morceau de fromage en consultant le journal. Il n'écoutait pas. Il ne lisait pas non plus, d'ailleurs. Il pensait.

Il pensait qu'Hélène était la plus merveilleuse jeune fille qu'il ait rencontrée. En l'entendant parler, il comprenait enfin les discours de Rosalie : Hélène avait, elle aussi, cousu des habits pour les soldats au Comité des femmes. Elle était bonne patriote, luttait pour le droit et la liberté, sans pour autant se laisser emporter dans ces excès si inquiétants... Et pas seulement parce qu'elle avait personnellement à souffrir de la Terreur décrétée par Robespierre. « Sans un peu d'indulgence, disait-elle, l'homme est pire que la bête... »

Contrairement à ce qu'il croyait, la Révolution n'avait rien laissé à sa famille, et les deux sacs que les brigands leur avaient pris constituaient toute leur fortune. Il avait été très ému d'apprendre qu'Helène lavait seule le linge pour éviter que le battoir des blanchisseuses ne l'use trop vite, car elle ne pouvait pas le renouveler.

À ce souvenir, le cœur de Stan s'affola. Hélène était pauvre ! Un simple postillon restait sans doute encore un parti bien modeste pour elle, mais il deviendrait maître de poste... Il se rappela comment elle avait laissé un moment sa main dans la sienne quand ils s'étaient quittés, comment elle avait prononcé son nom avec douceur, comment celui-ci sonnait merveilleusement dans sa bouche. Et lui, il avait murmuré le sien si près de son oreille...

– Stan ! Tu es sourd, mon garçon ?

– Euh... Tu disais, mon oncle ?

– Tu n'as pas vu que le maréchal est arrivé, pour la vérification des fers ? Est-ce que tu peux l'accompagner à l'écurie ? Moi, il faut que j'aille en mission chez Sicoin.

Pancrace ôta son grand tablier, le déposa derrière le comptoir et sortit du côté de la cuisine pour ne pas avoir à passer devant ce maudit trouble-fête. Il n'y croyait pas, que Sicoin ait trop de cochons, il était persuadé que le maréchal-ferrant voulait juste lui faire perdre son temps.

Quand il arriva à la ferme, il aperçut une silhouette qu'il connaissait : celle de ce mendiant qui était passé déjà deux fois chez lui. L'homme ne semblait pas aussi calme qu'à l'auberge. Il gesticulait même avec agressivité en hurlant :

– Oh ! raille, fousse-moi une angluche !

Pancrace s'arrêta net. Ce genre d'argot, il le connaissait vaguement. Un *raille* était un paysan, une *angluche* une oie, *fousse* devait vouloir dire donne. De l'argot de brigand !

Pancrace voulut reculer, mais le mendiant l'avait vu.

– Oh ! citoyen Pancrace, s'exclama-t-il, croirais-tu qu'il y en a, des avaricieux ?

Sicoin profita de la diversion pour pousser rapidement ses oies dans la grange en protestant avec terreur :

– Je n'ai presque rien. À peine de quoi nourrir ma famille. Et mes fils qui sont à la guerre... Y a plus personne pour le travail de la ferme. On est obligé de vivre sur les réserves.

– Tiens ! Avec le beau blé que j'ai vu dans ton grenier, je parie que t'as du larton savonné !

– Il a du blé dans son grenier ? s'intéressa Pancrace.

– Oui... enfin, juste deux sacs.

Deux sacs, ça n'allait pas contre la loi. Et, dans la soue à cochon, il n'y avait qu'une seule bête. Il faudrait vérifier si d'autres n'étaient pas cachées ailleurs. L'attention de Pancrace revint vers le mendiant.

– Qu'est-ce que du *larton savonné* ? s'informa-t-il.

– Du bon pain blanc, tiens ! Je lui parle de cette manière pour lui foutre la trouille, à ce porc qui refuse de partager avec les pauvres. Je voudrais le voir, s'il se faisait prendre sa ferme comme je me suis fait voler mes chevaux... Alors il serait bien content que quelqu'un lui tende la main. Comme toi, citoyen. Toi, tu es généreux.

– *Larton savonné*, s'inquiéta Pancrace sans relever la flatterie, c'est de l'argot de brigand, non ?

Le mendiant le regarda dans les yeux, frotta sa barbe de huit jours, puis éclata de rire en se tapant sur la cuisse.

– Ne t'emballe pas. Je n'ai pas passé plus de quinze jours avec eux. C'est quand j'étais perdu dans les bois. Ils m'ont donné à manger.

– Ah ! lâcha Pancrace d'un ton peu convaincu.

– Si ! Au fond, le brigandage n'est pas dans leur nature. Ce sont de pauvres miséreux qui ont perdu leur travail et n'ont plus rien. Comme moi. Moi...

– Je sais, tu étais loueur de chevaux. Tu ne m'as jamais dit ton nom.

– C'est que, depuis que je mendie sur les routes, personne ne me le demande. Je m'appelle Nazaire.

– Et tu n'es pas des leurs ?

– Non, je te le dis. D'ailleurs, ce n'est pas si facile d'entrer dans une bande. Faut prouver que tu sais parler argot (et pas juste quelques mots comme moi), que tu connais des receleurs, que tu as déjà commis des larcins… Tiens, preuve que je ne suis pas des leurs, je n'ai pas vu la couleur du dernier butin. Ni des vêtements, ni de l'argent qu'il y avait dans les lettres pour les soldats.

– Les lettres ? Tu veux parler de la malle-poste ? De l'attaque de la malle-poste près du Pas-du-Diable ?

Le mendiant haussa les épaules sans infirmer ni confirmer.

– Ces bandits sont à la solde de l'ennemi, s'énerva Pancrace. Ils ont volé une malle qui contenait des dépêches secrètes, vitales pour notre armée. C'est une organisation d'espions !

– Des espions ? Penses-tu ! S'il y avait des dépêches dans cette malle, ils s'en foutaient. Eux, ce qu'ils cherchaient, c'est de l'argent.

– Et l'homme masqué qui a emporté la malle ? fit Pancrace d'un air entendu.

– Ah celui-là ! On n'a jamais su qui il était. On passait là par hasard, quand on a entendu du bruit. On s'est pointé et on a vu un cavalier qui filait avec la malle, et trois autres qui couraient à travers bois avec leur balluchon. Notre petite troupe est allée dire bonjour à ceux-là, et les a soulagés du poids qu'ils portaient.

– *Soulagés !*

Nazaire eut un petit rire avant d'ajouter :

– Tu ne penses pas à quel point, je te jure. Le premier

effroi passé, ils ont eu l'air presque rassurés d'avoir affaire à des brigands. Ils nous ont tout donné et ils sont repartis en courant. M'est avis qu'ils n'avaient pas la conscience tranquille. Et à leur air, je dirais bien qu'il s'agissait de ci-devant !

Pancrace rentra chez lui sens dessus dessous. Il n'avait même pas vérifié les porcs de Sicoin, il rapportait au conseil municipal une nouvelle autrement importante : l'espion agissait seul, et les passagers de la malle-poste étaient peut-être des ci-devant en fuite. La rougeur lui monta au front. Voilà qu'il avait peut-être commis la même erreur que le maître de poste Drouet, en ne vérifiant pas assez soigneusement les passeports.

Oui, mais lui avait une excuse : il n'avait pas les voyageurs devant lui et n'avait donc eu aucune décision à prendre à leur sujet.

Il arrivait en vue de l'auberge quand il remarqua que la rue bruissait d'un mouvement inhabituel. Des hommes moustachus, l'air décidé, foulard autour du cou, haranguaient la foule. La plupart portaient un sabre de plusieurs pouces de long accroché à la ceinture, d'autres une pique à la main. On aurait dit des brigands, si ce n'était ce bonnet phrygien, cette veste courte qu'on nommait carmagnole, et surtout ce pantalon rayé caractéristique. Les sans-culottes de l'armée révolutionnaire !

– Le voilà ! s'écrièrent des villageois en le désignant.

Et Pancrace se prit d'un coup à détester ces braillards. Il y avait là ses voisins – le savetier, le menuisier, le briquetier, le tailleur d'habits – et même le colporteur qui essayait de leur vendre sa poudre contre la rage de dents. Et tous le montraient du doigt, comme s'ils se réjouissaient que la foudre tombe chez lui. En réalité, Pancrace le savait, ils étaient juste contents qu'elle tombe ailleurs que chez eux.

– Citoyen Rupaud ? demanda un grand navet en se redressant pour le contempler de haut (ce qui n'était pas difficile, vu la taille modeste du maître de poste).

– C'est moi, répondit Pancrace sans ciller sous le ton autoritaire. Qu'est-ce qui vous amène, braves soldats de la Révolution ? Si c'est pour descendre les cloches de notre église, c'est déjà fait. Et toutes les statues ont été détruites, les croix renversées et les images pieuses brûlées. Vous êtes ici dans une commune de bons patriotes.

Pancrace plastronnait, bien qu'il doutât que les sans-culottes soient chez lui pour une histoire de cloche.

– Vous avez bien fait ! répliqua l'autre d'une voix forte en se tournant vers la foule. Nous savons, vous et moi, qu'il n'y a ni dieu, ni diable. Le paradis et l'enfer sont inventions de nos anciens maîtres pour nous asservir, et la mort est un sommeil éternel ! (Il baissa le ton et regarda Pancrace.) Mais aujourd'hui, nous venons juste vérifier si cette auberge ne détient pas trop de denrées.

De denrées ? Quelqu'un l'avait dénoncé ?

– Si ce n'est que ça, déclara Pancrace avec amabilité, entrez, je vous prie, vous constaterez par vous-mêmes…

18

Des bottes de postillon

Pancrace en était malade. Trop. C'était trop. Il n'arrivait pas à fermer l'œil, pourtant il ne voulait pas descendre tant que les sans-culottes seraient là. Il les devinait, attablés dans sa paisible auberge, à se goinfrer à ses frais. Non il ne descendrait pas. Il saisit sur sa table de nuit le livre qu'il avait commandé à Paris et que la malle-poste lui avait apporté la veille : *Traité des maladies et accidents qui arrivent à ceux qui courent la poste.* Il l'ouvrit à la première page.

Il n'arrivait pas à lire. « Nous venons vérifier si cette auberge ne détient pas trop de denrées. » Tu parles ! Il ne resterait de toute façon plus rien après leur passage ! Ils avaient vérifié qu'il ne vendait pas le vin au-delà du prix maximum (six sous pour le rouge, sept pour le blanc) et s'étaient servis ensuite sans rien payer. Le maître de poste bouillait de colère. Hélas, il ne pouvait rien. Il ne savait pas qui lui avait fait le coup de la dénonciation, mais il voterait bien pour cette ordure de Quatreveaux. Il ne perdait rien pour attendre celui-là ! À la première occasion, il lui rendrait la pareille.

Pancrace se redressa soudain. Voilà qu'il se rappelait un détail… L'espion avait attaqué la malle, et les passagers étaient descendus. Et ils s'étaient enfuis dans la forêt avec leurs bagages. Ce n'était pas très logique, ça.

Puisque l'homme masqué se moquait pas mal d'eux, pourquoi fuir ? Une peur panique ? Dans ce cas, on ne prend pas le temps de sortir ses bagages…

D'autant que, s'ils étaient restés dans la voiture, il ne leur serait rien arrivé et ils n'auraient pas perdu leurs passeports. Des faux, en plus (il l'avait constaté en les vérifiant pendant que les sans-culottes ronflaient sur tous les matelas) ! Souillés comme ils l'étaient, personne d'autre que lui n'aurait pu s'en apercevoir, seulement, lui, il avait l'œil ! Le mendiant avait raison, et ce genre de passeport sentait à plein nez le ci-devant en fuite.

Des faux ! Il se torturait à l'idée que l'armée révolutionnaire puisse les découvrir chez lui. À Tue-Loup, nul n'était capable de détecter l'imposture, mais s'il se trouvait parmi les sans-culottes quelqu'un qui, comme lui, avait déjà établi des passeports…

Il songea qu'il n'aurait peut-être pas dû les laisser derrière le comptoir. Sauf que les rapporter dans sa chambre aurait été encore plus compromettant.

Il écouta. Les bavardages s'apaisaient, la porte de l'auberge grinça, se referma… Personne n'était venu lui réclamer des explications. Il respira mieux. D'autant qu'il était près de midi, son heure de lever. Il s'habilla rapidement et descendit.

– Ils sont partis ? demanda-t-il d'un ton neutre à Rosalie qui nettoyait les tables.

– Oui. Ils vont faire la chasse aux tièdes, aux mauvais républicains et aux suppôts de l'Ancien Régime. C'est ce qu'ils ont dit.

– Les suppôts de l'Ancien Régime, il n'y en a guère par

ici, commenta Pancrace en se dirigeant vers le comptoir pour y vérifier la présence des passeports.

– Ils verront. Et puis ça va vous aider dans votre travail. Ils ont mission de débusquer les sangsues du peuple, les maudits affameurs qui cachent leur blé.

Pancrace sursauta. Une voix venait de sortir du comptoir, au moment même où il se penchait au-dessus :

– Ils gardent leur blé pour ne pas le vendre contre des assignats sans valeur.

– C'est toi ? s'exclama le maître de poste en reconnaissant le mendiant. Et qu'est-ce que tu nous racontes ? Tais-toi donc, tu ne sais pas que les murs ont des oreilles ?

Tandis que Nazaire se redressait, il poursuivit :

– Je me suis demandé où tu étais passé. Je croyais que tu avais renoncé à la place de chef d'écurie que je t'ai proposée.

– Oh non, je n'ai pas renoncé. C'est juste que moins on se trouve sur le chemin de l'armée révolutionnaire, mieux on se porte. Voilà pourquoi j'ai préféré vous fausser compagnie et aller dormir avec les chevaux… Pas mal, vos écuries. J'ai parlé à Yves, l'ancien palefrenier, et il est content qu'il y ait maintenant un chef d'écurie pour organiser les allées et venues des postillons et la gestion du matériel. Le petit Hyacinthe ne peut pas s'occuper à la fois des chevaux et du reste. Tout à l'heure, quand je suis revenu, il restait encore quelques sans-culottes ici, voilà pourquoi j'ai préféré ne pas me montrer. Même quand on a la conscience tranquille…

– C'est une armée de bons patriotes, protesta Pancrace en regardant autour de lui avec anxiété, des pères de famille dont les fils se battent aux frontières.

– Il y a aussi là-dedans de la racaille pas très fréquentable.

Rosalie ajouta à voix basse :

– Voire, à ce qu'on dit, d'anciens ci-devant qui se cachent, et des domestiques d'émigrés*.

– Chut ! ordonna sévèrement le maître de poste.

Il y eut un court silence.

– À propos de nobles, reprit Nazaire j'en ai entendu de bonnes. Il paraît que le vrai nom du marquis de Verneuil est « Chasse-pou ».

Tous s'esclaffèrent. C'est à ce moment que le maréchal-ferrant entra. « *Pour boire une chopine* », dit-il. « *Pour lui tirer les vers du nez* », jugea Pancrace.

– Il paraît que tu as eu de la visite ? s'informa le maréchal. L'armée révolutionnaire en personne ?

Au sourire qu'il essayait de dissimuler, Pancrace soupçonna qu'il pouvait être pour quelque chose dans cette invasion. Il répondit d'un air doucereux :

– C'est un grand honneur pour moi de loger l'armée révolutionnaire, et j'en suis d'autant plus heureux qu'ils ont fouillé partout sans rien trouver de répréhensible. Mon auberge est parfaitement en règle. Toujours agréable de se l'entendre confirmer. Et puis, ce sont des braves, qui œuvrent pour la patrie. Pendant que les jeunes sont sur nos frontières à se battre contre l'ennemi extérieur, eux, qui n'ont plus l'âge d'aller à la guerre et pourraient rester tranquillement chez eux, se battent contre l'ennemi intérieur. Costaud et actif comme tu l'es, tu devrais t'engager avec eux…

Le maréchal resta interloqué.

– Et ma forge, qui la ferait tourner ? Et mes enfants, qui les nourrirait ?

– Parce que tu crois que ces hommes n'ont ni travail ni

---

* Nobles ayant fui à l'étranger.

enfants ? Ils sont bûcherons, perruquiers, galochiers, serruriers…

– Oh ! *Serrurier.* Heureusement que tu m'en parles, il faut que je me dépêche : le nôtre doit passer prendre une clé qu'il m'avait commandée.

Il avait à peine refermé la porte sur lui, que tout le monde éclata de rire.

– « Oh ! Serrurier ! Heureusement que tu m'en parles », se moqua Pancrace.

– J'ai connu un gars, dit le mendiant en riant toujours, qui ressemblait à votre maréchal-ferrant. Costaud comme ça. Et figurez-vous que, sur ses papiers du Conseil de révision, son signalement était : « Grand, cheveux et sourcils bruns, visage au front bas, jambes comme rompues ou cassées ». Rompues ou cassées ! Quelle farce ! Un sorcier de village avait dû le maquiller le jour du conseil pour lui éviter le service militaire. N'empêche que, s'il est contrôlé, je ne donne pas cher de sa peau.

Ils se turent : Jean-Baptiste Quatreveaux venait d'entrer. Il prétendit qu'il n'avait pas eu le temps de passer avant la fermeture du bureau de poste et voulait savoir s'il y avait du courrier pour lui.

Pancrace aurait pu refuser d'aller y voir, vu qu'il n'avait pas à délivrer les lettres en dehors des horaires normaux. Déjà, pallier l'absence d'employé de la Poste aux Lettres, sous prétexte que le bureau était attenant à l'auberge, ne l'amusait pas. Néanmoins son refus aurait pu déclencher une guerre ouverte. Il quitta la pièce sans dire vraiment qu'il cédait, et Rosalie en profita pour sortir aussi d'un air pressé. Elle détestait le fils Quatreveaux et n'avait aucune envie de rester lui faire la conversation. Quant à

Nazaire, ne sachant qui était cet homme et ce qu'on pouvait attendre de lui, il alla se planter devant la reproduction de la « Déclaration des droits de l'homme » qui trônait au-dessus de la cheminée, et la relut avec une ostensible attention.

Un moment se passa avant que Pancrace ne fasse sa réapparition pour annoncer qu'il n'y avait aucune lettre adressée à Jean-Baptiste Quatreveaux. Ce dernier ressortit aussitôt sans même remercier. Pancrace se tourna alors vers Nazaire. Tandis qu'il parcourait les lettres arrivées par la malle-poste, lui était revenue à l'esprit cette affaire d'espion masqué.

– Tu ne m'as pas parlé de l'homme qui a emporté la malle. À quoi ressemblait-il ?

– Ma foi, à un homme avec un masque. Comme je ne suivais la bande que de loin, je l'ai vu s'arrêter avant la sortie du bois. Il avait là un autre cheval qui l'attendait. Je ne le voyais pas nettement, ce cheval, sauf qu'il portait des bottes de postillon attachées de chaque côté.

– L'homme était un postillon ? s'ébahit Pancrace.

– Je n'ai pas dit ça. Il n'avait pas l'uniforme ni le chapeau. Après, j'ai vu qu'il se débarrassait de la malle. Je ne sais pas ce qu'il avait pris dedans ; pas les sous, en tout cas. J'ai bien failli en faucher un peu, sauf que j'ai eu peur de me faire trancher la gorge par les autres. Et puis, je te l'ai dit, je ne suis pas un malhonnête.

Pancrace n'écoutait plus. Des bottes de postillon, mais pas l'uniforme, ça lui rappelait quelqu'un. Quelqu'un qui mettait ces grandes bottes de protection pour la bonne raison qu'il menait souvent ses chevaux au galop. Sans en avoir le droit.

– Et en dehors de son visage, comment était-il ?

– Ma foi, il m'a paru assez jeune. En plus des bottes de

postillon, son autre cheval portait un paquet attaché à la selle.

Pancrace jeta un regard involontaire vers la porte refermée, et un sourire vengeur se dessina sur son visage.

Jeune, des bottes de postillon sans l'uniforme de la Poste aux Chevaux, un sac sur le deuxième cheval. C'était Jean-Baptiste. Aucun doute là-dessus. Ce sac, Pancrace le connaissait : il contenait des denrées achetées pas très légalement dans les fermes.

Jean-Baptiste Quatreveaux... Il serait donc impliqué dans une histoire d'espionnage et de vol dans une malle-poste où – qui plus est – voyageaient des porteurs de faux passeports. Voilà qui sentait mauvais pour lui.

Ah ! il allait bien rire, quand il annoncerait ce qu'il savait au conseil municipal !

Sacristi ! Et s'il y avait un rapport entre tout ça ? Si Jean-Baptiste était pour quelque chose dans cette affaire de faux passeports ? Aurait-il pu les fournir lui-même contre bon argent ? Possible. Très possible. Ça lui ressemblerait bien.

Il avait songé ensuite que le cachet était médiocre, et que lui, Pancrace Rupaud, ne se laisserait pas berner si facilement. Il avait donc attaqué la malle-poste pour l'arrêter et débarquer les passagers. Il leur aurait fait traverser le bois à pied et reprendre leur voyage après le relais. Pas la peine d'avoir tellement d'imagination pour y penser : les postillons véreux utilisaient souvent ce système qui leur permettait d'empocher eux-mêmes le prix du billet. Et voilà pourquoi les passagers étaient partis avec leurs bagages !

Et la malle du courrier ? Il ne l'aurait enlevée que pour faire croire à une affaire d'espionnage ? Ensuite quelque chose avait mal tourné : les brigands étaient arrivés, avaient détroussé les voyageurs et jeté leurs passeports dans les fourrés. En plus, malheureusement pour lui, Stan avait retrouvé et rapporté les passeports.

Dans ce cas, Jean-Baptiste ne serait pas un espion, juste un malhonnête, ce qui semblait plus crédible… Eh eh ! Ses menées coupables pouvaient passer pour carrément antirévolutionnaires. (Pancrace se frotta les mains.) Et maintenant, si le Jean-Baptiste voulait continuer à gagner de l'argent sur le dos des fuyards, il devait leur procurer de nouveaux passeports. Et là, il faudrait ouvrir l'œil et le bon pour le coincer.

Pancrace se glissa derrière le comptoir : les passeports n'y étaient plus ! Il fouilla partout sans en retrouver la moindre trace. Il aurait donné cher pour savoir qui les avait récupérés, mais il avait sa petite idée et ça, c'était excitant comme tout.

Stan réfléchissait en étudiant de près les passeports. Tels quels, ils étaient inutilisables. Comment s'en procurer de nouveaux ? Si au moins ses voyageurs avaient possédé des certificats de civisme… Non, ça n'aurait servi à rien : ou ceux-ci seraient faux (et risquaient d'être détectés) ou ils seraient vrais, et leur nom à particule les condamnerait, même si les certificats assuraient de leur patriotisme.

Il pourrait peut-être simplement essayer de faire réécrire les passeports par les autorités, et reposer les cachets. Ça les transformerait en vrais passeports.

Oui, mais celui qui réécrirait pouvait avoir l'attention attirée par un détail qui échappait à un regard rapide.

19

Une lettre brulante

L'ingénieur de la compagnie du télégraphe gravit lentement la colline de Lars en examinant l'horizon. L'incroyable vallonnement de ce pays rendait facile l'installation du télégraphe aérien, car le principe voulait que les appareils soient montés sur une hauteur (le plus pratique étant une colline) d'où l'on voyait un autre point, qui à son tour pouvait communiquer avec un autre point, et ainsi de suite. La colline de Lars lui paraissait remarquablement située pour que son appareil aux grands bras puisse recevoir et transmettre les messages. Le château n'étant plus que ruines, il ne dérangerait pas, il faudrait juste abattre les arbres couronnant la hauteur.

L'ingénieur abaissa la lunette avec laquelle il inspectait l'horizon. N'avait-il pas entendu un galop ? Oui, des chevaux remontaient l'allée, venant droit sur les ruines. Un seul portait un cavalier, qui arborait l'uniforme de la Poste aux Chevaux. Que faisait-il dans cet endroit désert ?

L'ingénieur des télégraphes se dissimula derrière un tronc. Il aurait bien braqué sa lunette sur l'homme, mais il avait peur qu'un reflet sur la lentille de verre ne le fasse remarquer. Si le domaine n'était pas totalement abandonné, on pouvait lui créer des histoires pour y avoir pénétré sans autorisation. Il se félicita d'avoir laissé sa voiture de l'autre côté de la colline et d'être monté à pied.

Pancrace piaffait. Le conseil municipal traînait en longueur à cause des répartitions, d'abord des sacs de blé de Grandjean, ensuite des produits réquisitionnés par l'armée révolutionnaire (quatre cochons, des dizaines de poules et un petit stock de tissu). On les distribuerait aux familles les plus démunies, car la République devait venir en aide aux pauvres et à ceux qui avaient faim. On consigna tout ça dans un cahier, avec le nom des fraudeurs. Fort heureusement, aucun conseiller municipal ne figurait parmi eux.

« Pas pour longtemps », songeait Pancrace, car lorsqu'il aurait lancé sa bombe…

Il avait préparé sa phrase. Il dirait : « Pour clore cette séance, il faut que je vous fasse part de renseignements… » Il ne prononcerait pas le nom de Jean-Baptiste, il ferait comme s'il n'y pensait même pas, mais il donnerait traîtreusement les indications qui mèneraient à lui.

Il s'apprêtait à commencer sa petite allocution quand il eut la surprise de voir paraître Hyacinthe, une lettre à la main. Il s'agissait d'une dépêche urgente adressée à la mairie.

Pierre-Victurnien Quatreveaux s'en saisit, la déploya pompeusement pour souligner sa propre importance – c'était bel et bien lui le maire – et lut en silence.

Peu à peu, ses yeux s'agrandirent, puis un vague sourire passa sur ses lèvres, avant qu'il ne reprenne un air très grave.

– C'est important ? s'inquiéta le boulanger.

– Je vous la lis, déclara Quatreveaux d'une voix pleine de sous-entendus : « Il y a dans votre ville un citoyen dont, à votre place, je me méfierais. Il met à profit son travail de postillon pour transporter des messages royalistes, qu'il cache dans ses bottes de postillon. Comme ça, le destinataire peut les récupérer sans avoir de contact avec lui. »

– Un postillon ! s'exclama Pierre-Victurnien Quatreveaux en levant les yeux sur Pancrace qui semblait soudain figé.

« Claude ! » songea aussitôt le maître de poste avec colère. Ce maudit traître avait toujours besoin d'argent pour boire !

– Ce n'est pas fini, reprit Quatreveaux avec un rictus mauvais. La lettre dit ensuite : « Son crime est d'autant plus grave que tous lui font confiance, car il est le neveu du maître de poste. »

Pour le coup, Pancrace s'empourpra, avant d'exploser :

– Ah çà, c'est un peu fort ! Incroyable ! Une lettre anonyme, en plus ! N'importe qui peut envoyer un tissu de mensonges dans le seul but de nuire !

Puis, comme sa remarque ne générait qu'un grand silence, il ajouta :

– Personne ne pourrait croire une chose pareille de mon neveu.

– C'est vrai, confirma le cordonnier. Stan est un bon garçon.

Le maréchal intervint, un sourire dubitatif sur les lèvres :

– Je l'ai trouvé parfois un peu mou dans ses convictions révolutionnaires.

– Nullement ! cria Pancrace en subodorant que c'était

cette affaire de vétérinaire qui l'incitait à parler ainsi. Il a toujours fait son devoir de bon républicain, aucun de vous ne peut prétendre le contraire.

Les six autres conseillers opinèrent du chef.

– Eh bien c'est très simple, déclara Quatreveaux. Il suffit d'aller chercher ces fameuses bottes rapidement et discrètement. Qui veut s'en charger ?

Il faisait du regard un tour de table quand il perçut un mouvement du côté de la porte.

– Hop ! s'exclama-t-il en retenant par la chemise Hyacinthe qui tentait de filer discrètement.

Le jeune muet eut beau protester en gesticulant, le maire tint bon.

– Tu ne voulais pas aller prévenir ton ami Stan, par hasard ?

Hyacinthe nia farouchement de la tête.

– À la bonne heure ! Alors tu vas rester avec nous.

Et tandis que trois conseillers sortaient ensemble pour récupérer les bottes du postillon, Pancrace fixait Hyacinthe avec une angoisse grandissante. Il avait beau se raisonner, ne pas douter une seule seconde de son neveu, il craignait un piège. On lui avait bien, récemment, envoyé l'armée révolutionnaire, qui venait à peine de décamper de chez lui. Pourvu qu'elle soit partie assez loin pour ne pas avoir vent de cette affaire ridicule !

– Est-ce que ceci est à toi ?

Stan examina un instant les bottes de postillon posées sur la table de la mairie sans comprendre ce qu'on lui voulait, et répondit que c'étaient bien les siennes. Son oncle avait l'air au bord de l'apoplexie et Hyacinthe se tordait nerveusement les mains. Les trois gendarmes qui étaient venus le chercher au relais se tenaient derrière lui, près de la porte. Que se passait-il ? Ses bottes n'étaient-elles pas en règle ? Il n'avait jamais entendu parler de consigne s'y rapportant.

Quatreveaux se tourna vers le cordonnier, qui veillait sur les bottes, un air de gravité sur le visage.

– Je t'en prie, déclara-t-il d'un ton théâtral.

Le cordonnier acquiesça. Il savait qu'on l'avait choisi pour cette démonstration parce qu'il n'était pas suspect d'animosité envers Stan, qu'il avait toujours beaucoup aimé.

– Voilà ce que nous avons découvert, dit-il d'un ton neutre.

Et il se pencha vers les bottes que le nouveau maître d'écurie – un dénommé Nazaire – leur avait confiées sans se douter de rien.

Il désigna d'abord la bande de cuir maintenue sur la botte par une simple couture verticale de chaque côté et destinée à renforcer la cheville. Ensuite il glissa son doigt entre ce renfort et la botte, pour en extirper un petit papier plié – celui qu'ils avaient déjà sorti tout à l'heure. Il le tendit au maire, qui le déplia cérémonieusement et avec la visible satisfaction de celui qui sait déjà ce qu'il contient. Et il lut à voix haute :

– « Rassemblez le plus de troupes possibles, et attaquez l'armée révolutionnaire qui fait la chasse à nos partisans. Signé : Charles Philippe de Bourbon, comte d'Artois... » Rien que ça. Une lettre signée du ci-devant frère du roi en personne !

Il se tourna vers Stan et demanda avec hauteur :

– Et qui devait venir le récupérer, cet ordre ?

Stan semblait ahuri. Au lieu de répondre à la question, il s'écria :

– Qu'est-ce que c'est que cette histoire ? Dans mes bottes ?

– Tu l'as dit.

– Mais... mais ces bottes, n'importe qui peut y avoir accès dans les relais ! Il s'agit d'une machination, vous ne le voyez pas ?

– Refus de répondre, nota Quatreveaux en prenant à témoin les gendarmes. Citoyen Stanislas Apert, tu es en état d'arrestation.

Stan faillit protester et renonça aussitôt. Quatreveaux n'attendait que cela pour prétendre qu'il aggravait son cas, car un homme qui cherche à se défendre est coupable. Dans le cas contraire, il fait confiance à la justice pour l'innocenter. Ses mâchoires se crispèrent. Au moment de tourner le dos pour suivre les gendarmes qui l'emmenaient, il posa sur Pierre-Victurnien Quatreveaux un regard méprisant.

– C'est un complot ! s'emporta Pancrace dès qu'ils furent sortis. Vous connaissez tous Stan ! Il n'a jamais eu le moindre penchant royaliste !

Personne n'osa prendre la parole. Si on découvrait finalement que Stan était réellement un comploteur, il entraînerait avec lui ses défenseurs.

– S'il n'est pas coupable, susurra Quatreveaux d'un air doucereux, le tribunal reconnaîtra son innocence.

– Le tribunal ! s'étouffa Pancrace.

L'instituteur intervint d'un ton pacifique :

– Notre République a institué une justice indépendante. Ce n'est plus la justice seigneuriale comme autrefois. Il y a des juges, qui sont élus et impartiaux. Il y a des jurys, et qui ne peuvent pas être de parti pris, puisqu'ils sont formés de citoyens tirés au sort.

– Tu ne sais donc rien ? s'affola Pancrace. Pour que la justice aille plus vite, on a supprimé l'instruction préliminaire, les témoins et les défenseurs.

– Tu en es sûr ? s'inquiéta le cordonnier.

– Sûr. C'est la nouvelle loi. On lira ce dont on l'accuse, et personne ne pouvant apporter des preuves contraires, on le condamnera. Vous serez responsables de sa mort ! Il est innocent mais, si vous le mettez en jugement, vous le tuez, vous tuez un innocent !

– Tu n'as pas confiance dans la justice de la République ? siffla Quatreveaux.

Pancrace en eut le souffle coupé. Tout ce qu'il pourrait dire pour la défense de son neveu lui retomberait dessus.

– Nous n'avons pas le droit de perdre de temps, intervint le maréchal, nous l'enverrons demain devant la commission révolutionnaire du département.

– Aie confiance, ajouta Quatreveaux d'un ton horriblement compatissant. Mon cousin est le président du tribunal, et c'est un homme qui a un excellent jugement. Pour te dire, c'est lui qui a eu l'idée de placer la guillotine près d'une bouche d'égout.

Il se tourna vers le reste de l'assemblée.

– Au fait, j'ai oublié de vous annoncer la nouvelle dont je vous ai dit deux mots l'autre jour : je viens d'obtenir l'autorisation pour ouvrir une ligne de diligence d'est en ouest, et qui ira jusqu'à Paris. J'attendais, pour vous en aviser, de recevoir la voiture. Je me suis procuré un modèle moderne, avec une suspension à ressorts, très douce, qui peut emmener les voyageurs à la vitesse de cent kilomètres par jour. Et plus confortablement que la malle-poste ! Vous pouvez l'admirer, mon fils vient de la garer devant la porte.

Tout le monde jeta un coup d'œil dehors.

– Comme tu le sais, Pancrace, reprit aimablement Quatreveaux, j'aurai le droit d'utiliser ton relais de poste pour me procurer des chevaux et…

Pancrace n'écoutait plus. Il sortit la tête haute. Devant la porte de la mairie, il y avait une magnifique diligence jaune, rutilante. Il se retint pour ne pas lui envoyer, au passage, un coup de pied dans la roue. Quatreveaux aurait été trop heureux de constater sa fureur.

20

Des signes incompréhensibles

Pancrace était dans tous ses états. Il n'avait même pas pu s'asseoir dans un fauteuil pour se reposer comme il le faisait d'habitude pendant sa garde de nuit. À chaque fois qu'il essayait, il se retrouvait debout, à arpenter la salle de l'auberge de long en large. Pour essayer de se consoler, il se rappela que la Révolution avait supprimé la torture. Elle avait aussi supprimé l'infamie frappant toute la famille d'un condamné à mort, mais ça, il s'en moquait, parce qu'il était la seule famille de Stan, et que, si Stan devait mourir, il préférait mourir aussi. C'était facile. Il suffisait de crier : « Vive le Roi », et le couperet de la guillotine vous tranchait net la voix et ce qu'il y avait autour.

Il avait eu beaucoup de mal à cuisiner pour les voyageurs qui s'étaient arrêtés à l'auberge ce soir, mais c'était fini, et ils étaient couchés. Bien qu'il ait attendu ce moment avec impatience, il se rendait compte que, maintenant, c'était encore pire. Demain. Demain on emmènerait Stan à la ville. Demain, il serait jugé.

Et Hyacinthe qui n'était pas rentré ! Où était-il retenu ? Pourvu qu'il ne soit pas accusé de complicité !

Au train où allaient les choses, on ne pouvait plus jurer de rien.

Il aurait dû ramener Hyacinthe avec lui. Oui, il aurait dû le ramener.

Une nouvelle fois, il regretta de ne pas avoir soulevé le problème de l'attaque de la malle-poste et des faux passeports. Ce qui l'avait fait hésiter, c'est qu'on aurait pu croire qu'il essayait de détourner l'attention.

Et peut-être que les ci-devant étaient loin, et qu'on ne pourrait rien prouver. L'accusation ne s'appuyait que sur la parole d'un mendiant… qu'il avait pris à son service ! Non, impossible de lancer une dénonciation sans avoir l'air suspect.

Le jour se levait quand la porte de l'auberge s'ouvrit en coup de vent sur Hyacinthe, très agité. Il était suivi par le cordonnier et le tonnelier.

– Bonne nouvelle ! annonça ce dernier. Stan est hors de cause.

Pancrace sentit ses poumons se dilater d'un coup, et il les vida dans un bruyant soupir.

– C'est grâce à Hyacinthe, précisa le cordonnier.

– Qu'est-ce qui s'est passé ? Racontez-moi, vite !

– Eh bien… Après la séance, tout le monde est sorti pour admirer la diligence. Nous deux sommes restés avec l'instituteur pour consigner dans le registre ce qui s'était passé. On a vu que Hyacinthe était là aussi, et qu'il n'avait pas l'air de vouloir repartir. On lui a dit de s'en aller, mais il a refusé. Tu le connais ! C'est là que son attitude a attiré notre attention : il restait debout sans rien dire devant les papiers, la lettre de dénonciation et le message de Charles de Bourbon.

– Et alors ? suffoqua Pancrace.

– Et alors... Quand Quatreveaux l'a lue, on n'a évidemment pas pu remarquer l'écriture. L'instituteur dit qu'elle est bien hésitante pour un prince. Peut-être a-t-il écrit dans l'urgence, sur son genou, mais malgré tout, les fautes d'orthographe...

– C'était un faux ! s'exclama Pancrace. Je le savais !

– Ce n'est pas simplement un faux (le tonnelier laissa planer un petit silence pour ménager son effet), la dénonciation et le message sont de la même main.

– Hein ?

– Hyacinthe l'avait vu, précisa le cordonnier, seulement il voulait qu'on s'en rende compte tout seuls, parce que lui, il est trop lié avec Stan. Il est malin, ce petit !

Hyacinthe eut une grimace amusée qui pouvait passer pour de la modestie malmenée.

– De la même main, insista le tonnelier, ça signifie que le même homme a écrit à la fois le message du soi-disant Charles et la lettre de dénonciation qui disait où le trouver.

– Et vous avez mis tout ce temps pour venir m'informer ? reprocha Pancrace.

– On n'a pas voulu venir avant que le conseil municipal (sauf toi, évidemment) se soit de nouveau réuni pour constater. Il a fallu rechercher tout le monde... On a gardé le petit pour l'empêcher d'aller te faire une fausse joie, au cas où quelque chose n'aurait pas marché. Vu les circonstances, on l'a quand même autorisé à apporter à manger à Stan, aux frais de la mairie.

– On y a passé la nuit, nota le tonnelier, parce que Pierre-Victurnien n'arrivait pas à se laisser convaincre. Il allongeait une drôle de tête, tu peux me croire.

– C'est un complot, je vous l'ai dit et répété ! Qui a fait ça ? Qui ?

– On l'ignore, dit le tonnelier. Il est très difficile de trouver qui a écrit. Quelqu'un qui est allé à l'école, mais juste un peu.

– Un paysan ?

– On ne sait pas. Des gens qui écrivent très mal, au village, ça ne manque pas.

– On a relâché mon neveu ?

– Ça ne va pas tarder, toutefois, l'accusation ayant été expédiée au Comité révolutionnaire, il faut son accord pour le libérer. On a envoyé une estafette. Avec les deux papiers, aucun problème pour faire reconnaître son innocence.

Pancrace se sentit de nouveau gagner par l'anxiété. C'est alors que son attention fut attirée du côté de la cour par une petite musique qu'il connaissait bien : un accord de grelots de différentes tailles, donc de différents sons, qu'il avait sélectionnés lui-même, et qui étaient la marque de son relais. Cela signifiait que son attelage de diligence sortait, et comme aucune diligence n'était arrivée ni du nord ni du sud ce matin, celle qui voulait lui prendre ses chevaux était celle de Quatreveaux.

La colère le submergea. Pour qui est-ce qu'il se prenait ? Il n'aurait pas d'attelage ! Et il y avait une bonne raison pour cela : la malle-poste était prioritaire. Or il en passerait aujourd'hui une dans chaque sens et il n'avait plus que deux postillons ! C'était Nazaire qui avait attelé ?

Il sortit de l'auberge comme un diable et interpella l'ancien mendiant :

– Qu'est-ce que tu fais, bougre d'imbécile ? Il n'y a aucun postillon disponible !

Devant le visage ahuri de l'homme, il se rendit soudain compte qu'il ne l'avait pas vu de la soirée et que,

Hyacinthe ayant été retenu à la mairie, personne n'avait pu l'informer des événements.

– Rentre les chevaux, ordonna-t-il plus calmement, Stan n'est pas là ce matin.

Nazaire fronça les sourcils et ne répliqua finalement pas. Il regarda le maître de poste rentrer dans l'auberge, fit tourner les chevaux et les ramena à l'écurie.

Hyacinthe rejoignit Nazaire pour l'aider à remettre les bêtes dans leur stalle. Il aurait bien tenté de lui expliquer ce qui s'était passé, mais le nouveau maître d'écurie ne comprenait rien à ses signes. Et puis il n'avait pas envie de *parler*. Maintenant, il se méfiait de tout le monde. Après tout, ce mendiant, d'où venait-il ? Qui était-il ? Il s'y connaissait en chevaux, ça c'était sûr. Il savait mettre un harnais en place pour que les forces du cheval soient utilisées au mieux ; il n'avait pas pour autant sa bénédiction. Il tenait trop facilement des discours antirévolutionnaires, ça pouvait être un provocateur dont le rôle était d'inciter les gens à lui faire confiance et à se découvrir.

Oui… S'il parlait si facilement, c'était peut-être parce qu'il ne craignait rien.

Hyacinthe lui lança un regard soupçonneux. Pancrace avait-il introduit un serpent dans le relais de poste ?

Allons, il n'avait aucune preuve…

Mais aussi, quelle mouche avait piqué Stan, de venir ainsi en aide à ces traîtres de ci-devant ?

Bon, il ne voulait pas juger : si Stan l'avait fait, c'était bien. Lui, il ne saisissait pas grand-chose à ce qui se passait. De vrais révolutionnaires, comme le citoyen Danton ou Camille Desmoulins, avaient soudain été déclarés trop modérés, et guillotinés. Alors, qui était et qui n'était pas ennemi du peuple, il renonçait à le comprendre.

Il songea que le fameux soir où la malle-poste avait eu trois heures de retard (il s'en souvenait bien, c'était le soir du Petit Poucet), les chevaux de Stan étaient fatigués. Trop fatigués pour une course normale de quatorze lieues. Sûr qu'ils avaient effectué un détour par le Pas-du-Diable.

Et puis il y avait autre chose : pourquoi le voleur de la malle montait-il un cheval sans selle ? Parce qu'une selle de postillon, avec son bourrelet à l'arrière, était trop reconnaissable. Et pourquoi, une fois le danger écarté, les voyageurs n'étaient-ils pas venus porter secours au postillon attaché ?

Hyacinthe se sentait terriblement malheureux, et il le serait tant que Stan ne serait pas ici. Il avait désespérément cherché un moyen pour qu'il n'ait plus de contact avec les clandestins de la cave en croyant que cela risquait de le perdre, et voilà qu'une catastrophe s'était quand même abattue sur lui. Bien qu'elle soit apparemment réparée, il restait angoissé de ne pas savoir qui en était responsable. Sur le moment, il avait pensé à une vengeance de Claude. Maintenant, il n'en était plus tellement sûr. Le maréchal-ferrant ne lui paraissait pas avoir la conscience tellement tranquille (en tout cas, il semblait satisfait des événements), et Pierre-Victurnien Quatreveaux était visiblement sur un lit de roses. C'était un ennemi de toujours du maître de poste. Avait-il pour autant monté ce traquenard ? N'aurait-il pas attaque directement Pancrace plutôt que son neveu ? Il lui était facile de déposer le message dans l'auberge…

Non, là, c'était Stan qui était visé.

Et Jean-Baptiste Quatreveaux ? Lui, en revanche, détestait Stan, le jalousait. Parce qu'il était plus beau, plus intelligent, parce que les filles rêvaient de lui. La petite Catherine, par exemple, qu'il avait épousée par pur intérêt, elle posait sur Stan, quand il passait, un regard qui ne laissait guère de doute. Oui, il avait raison d'être jaloux, le Jean-Baptiste, il n'arrivait pas à la cheville du postillon.

L'affaire de la course-poursuite et de l'attelage dans la mare n'avait rien arrangé, car un homme vexé est le pire danger. Et pourtant, Stan n'avait même pas porté plainte contre lui qui menait ses chevaux au galop et empêchait la malle-poste de le dépasser ! S'il l'avait fait, Jean-Baptiste aurait perdu son autorisation de conduire les voitures de l'entrepreneur de messageries.

Oui, Jean-Baptiste Quatreveaux avait fort bien pu imaginer ce tour de cochon et glisser le faux message dans les bottes. Son regard lorsque la chaise de poste avait dépassé son attelage renversé…

Ça lui rappelait un autre regard. Celui de Grandjean ! Le paysan n'avait pas compris que Stan lui venait discrètement en aide, lui sauvait la vie…

– Hyacinthe, appela Pancrace, prépare la voiture du télégraphe !

Ah oui ! l'ingénieur du télégraphe, qui était arrivé la veille au soir. Il ne prenait pas d'attelage au relais, il repartait avec ses propres chevaux, qui étaient au repos dans l'écurie de la halle aux diligences.

Hyacinthe traversa la cour. Il n'avait pas dormi de la nuit et se sentait au bord de l'épuisement. Par moments, il avait l'impression qu'il allait piquer du nez là, sur place, et l'idée de s'endormir et de ne plus penser à rien le soulageait.

Il ne devait pas. Il fallait qu'il soit vigilant sur tout jusqu'à la libération de Stan. Quelque chose le tenait en alerte.

21
Une horrible bévue

L'ingénieur du télégraphe finissait son petit-déjeuner dans la salle de l'auberge quand Hyacinthe y fit son apparition pour signaler que le cabriolet était prêt. L'homme – une trentaine d'années – était plongé dans un livre où figuraient des mots et des dessins. Hyacinthe s'approcha avec curiosité.

– Ça t'intéresse ? demanda l'ingénieur en s'apercevant que le garçon lisait par-dessus son épaule.

Hyacinthe hocha vivement la tête.

– C'est une sorte de dictionnaire, reprit-il avec amabilité. Est-ce que tu sais ce qu'est le télégraphe de Chappe ?

Comme Hyacinthe secouait négativement la tête, il lui montra un dessin représentant une sorte de mât surmonté d'une barre horizontale terminée par deux petits bras verticaux.

– Ce livre de vocabulaire me sert à apprendre comment placer les bras selon ce que je veux dire.

Hyacinthe ouvrit des yeux ronds. Était-ce le langage pour muets dont Nazaire avait parlé ? Il tenta de faire signe à l'homme que lui-même était privé de la parole, mais l'autre ne le regardait pas. Il continuait à montrer les images en expliquant que chaque position des bras métalliques avait un sens, signifiait soit un mot, soit une lettre.

– C'est pour les muets ? demanda enfin Pancrace en voyant Hyacinthe si passionné.

– Non, non. C'est pour transmettre les nouvelles plus vite. On installe un télégraphe aérien comme celui-là sur une hauteur, tous les dix kilomètres environ. Pour envoyer un message, il suffit d'activer les bras, ce qui forme des mots et des phrases. L'homme qui veille au relais télégraphique observe le message à la lunette, puis il le retransmet au suivant.

– Plus besoin de malle-poste, alors ? demanda Pancrace avec surprise.

L'homme se mit à rire.

– Vous n'avez rien à craindre, ce système ne sert pas aux particuliers. Vous ne donnerez pas de vos nouvelles à votre grand-mère par ce moyen.

– Ah ! Et vous voulez installer ça par ici ?

– J'étudie la question. Votre village est sur une hauteur qui conviendrait, et j'ai repéré une autre colline, à dix kilomètres, qui serait idéale. Justement, vous allez peut-être pouvoir me renseigner. Le lieu abrite un château en ruine que je croyais désert, malheureusement il me semble habité.

Lars !

– Le château est inhabité depuis longtemps, soupira Pancrace.

Sa sœur et son beau-frère y étaient morts. Par sa faute. Enfin, en partie par sa faute. Car il faisait partie des meneurs, de ceux qui incitaient les paysans à pénétrer dans les châteaux pour récupérer les registres entérinant les droits injustes des seigneurs. Hélas, qui sème le vent récolte la tempête. Au lieu de se contenter d'incendier les parchemins, les révoltés avaient mis le feu au château.

– J'y ai pourtant aperçu quelqu'un, insista l'ingénieur.

– Quelqu'un ?

Hyacinthe serrait maladivement ses mains l'une contre l'autre. L'ingénieur raconta alors qu'il avait vu un cavalier arriver et rendre visite à des personnes qui vivaient dans les ruines. Une jeune fille, en particulier, était sortie pour venir à sa rencontre, puis un homme âgé et un jeune garçon les avaient rejoints.

Pancrace ouvrait des yeux de plus en plus ébahis. Une jeune fille, un homme, un garçon... Le château de Lars près duquel avait été attaquée la malle-poste...

– L'homme qui leur rendait visite était-il jeune ? interrogea-t-il en sentant monter l'excitation.

– Apparemment.

– Un de ses chevaux portait-il un sac ?

L'ingénieur hocha la tête affirmativement.

– ... Et des bottes de postillon ?

– C'est tout à fait ça. Vous le connaissez ?

Pancrace ne répondit pas. Hyacinthe était en train de lui adresser des signes obscurs.

– Toi aussi, hein, dit-il enfin en croyant comprendre, tu vois de qui il s'agit. (Il se tourna vers l'ingénieur.) Pourriez-vous répéter ça devant le Conseil municipal ?

– Pourquoi ?

– Parce que ces « châtelains » sont en réalité des ci-devant en fuite qui circulaient avec des faux passeports, et que leur visiteur est donc un traître.

Pancrace faillit en éclater de rire. Pierre-Victurnien Quatreveaux avait voulu envoyer son neveu à la guillotine ? Eh bien il n'allait pas lui faire de cadeau !

Rosalie, entrant à ce moment pour débarrasser la table, intervint :

– Vous avez trouvé des ci-devant qui se cachent ? Gibier de potence, ceux-là.

Puis, tout en repartant vers la cuisine, elle se mit à chanter :

– Ah ça ira, ça ira, ça ira, les aristocrates à la lanterne*.

– Il faudrait être sûr..., protesta l'ingénieur, embarrassé.

– Citoyen, lança Pancrace, tu ne dois pas hésiter un seul instant quand il s'agit de défendre la République.

– C'est vrai, acquiesça l'ingénieur avec prudence. Alors, si cela ne prend pas trop de temps...

– Ça ne prendra pas plus d'une demi-heure, d'autant que le conseil se réunit à l'aube. Suis-moi.

Fébrilement, il ôta son grand tablier de cuisine. Le jeune palefrenier semblait atteint de la danse de Saint-Guy.

– Mais qu'est-ce que tu as encore, Hyacinthe, à t'agiter dans tous les sens ? Pourquoi tu me dis non ? Tu ne veux pas venir avec moi à la mairie ?... Rassure-toi, je ne veux pas t'emmener. Tu devrais essayer de dormir un peu... Qu'est-ce que tu dis, encore ? « Non » ? Non quoi ? Non tu ne veux pas dormir ?... Eh bien ne dors pas, tu m'agaces à la fin, et arrête de faire le singe !

Pancrace décrocha son bonnet phrygien et sortit.

– Cet enfant a trop de vitalité, commenta-t-il, mais il n'est pas méchant.

Et, suivi de l'ingénieur, il monta d'un pas vif vers la mairie. Il se sentait déchaîné. Alors là, il n'allait ménager personne ! Les Quatreveaux, il allait leur envoyer dans les dents cette histoire de malle-poste et de passeports.

– Bien le bonjour, citoyens ! s'exclama-t-il en entrant.

Tout le monde était déjà là, l'instituteur, le cordonnier, le boulanger, le tonnelier, le maréchal-ferrant, et messire

* On pendait parfois les gens aux lanternes (réverbères).

Quatreveaux lui-même – qui le regardait d'un air furieux à cause de l'affaire de la diligence qui n'avait pas pu partir.

– Je vous présente le citoyen ingénieur du télégraphe aérien, reprit-il. Il aura quelque chose à vous dire. Pour l'instant, je voudrais vous faire part de quelques détails intéressants que j'ai été amené à découvrir.

Il songea que c'était par la faute de Quatreveaux qu'il avait été nommé au Comité de surveillance et ajouta :

– Car j'ai mené des enquêtes à votre demande. Un bon patriote doit s'inquiéter de tout détail anormal.

– Tu as découvert quelque chose d'anormal ? ironisa Quatreveaux.

Pancrace crut déceler dans sa voix une légère anxiété, qui l'emballa. Il se mit à raconter comment il avait su que la malle-poste avait été en réalité attaquée par un homme seul qui avait incité les passagers à fuir ; comment, pris de doute, il avait étudié les passeports et découvert qu'ils étaient faux ; comment ces mêmes passeports lui avaient été volés ; comment il venait d'être informé que les voyageurs n'avaient pas quitté le pays et se cachaient au château de Lars, où ils recevaient la visite d'un homme correspondant exactement à la description de l'agresseur de la malle-poste. Il se tourna enfin vers le témoin qu'il avait amené et proposa :

– Veux-tu nous dire, citoyen, ce que tu as vu au château ?

– J'ai vu trois personnes. Un homme, un garçon et une jeune fille, qui semblaient vivre dans un abri souterrain.

– Et leur visiteur ? poursuivit Pancrace avec entrain.

– Jeune, à cheval, avec un gros sac sur la selle d'un autre cheval, et en uniforme de postillon.

Pancrace réagit :

– Tu veux dire DES BOTTES de postillon.

– Oui. De ces grandes bottes de bois et de cuir. Il avait aussi l'uniforme bleu et rouge et le haut chapeau de ceux de la Poste aux Chevaux.

Uniforme ? Pancrace en fut tellement interloqué qu'il ne put prononcer un mot.

– L'homme s'est arrêté devant le château et a attaché ses chevaux à un arbre, poursuivit l'ingénieur. Il en avait trois. Et puis il est allé parler aux habitants du château et leur a donné le sac. Ensuite, l'homme et le garçon ont emporté le sac à l'intérieur, et le visiteur s'est entretenu longuement avec la jeune fille, un peu à l'écart. Je peux même préciser qu'il l'a embrassée. Et quand il est reparti avec ses chevaux, la jeune fille est restée longtemps à le regarder s'éloigner.

Pancrace n'arrivait plus à respirer. Il avait l'impression que tout s'était mis à tourner autour de lui.

– Saurais-tu reconnaître ce postillon ? demanda une voix.

L'homme dit que oui, et que justement il le voyait là, devant la prison, avec les gendarmes et que, puisqu'on l'avait déjà arrêté, il ne voyait pas trop à quoi il servait.

Ensuite, ce fut une sorte de cauchemar, pendant lequel les gendarmes enfermèrent de nouveau Stan. Livide, au bord de la syncope, Pancrace parvint seulement à murmurer :

– Vous voyez, quoi qu'il m'en coûte, je suis responsable du Comité de surveillance et j'œuvre pour la justice de la République.

Il espérait que Stan n'avait pas entendu ça. Il avait envie de hurler.

22

Il faut faire quelque chose !

– Tout est de ma faute, tout est de ma faute, ne cessait de répéter Pancrace, affalé sur la grande table de la cuisine.

– Vous n'avez fait que votre devoir, consola Rosalie, vous ne pouviez pas savoir.

Elle voulait paraître calme, mais elle s'essuyait sans arrêt les yeux au chiffon qui pendait à sa ceinture, en évitant de regarder la grand-mère qui pleurait près de la fenêtre. Elle se sentait désarçonnée. Elle avait toujours cru qu'il fallait purger le pays de tous les tièdes, et voilà qu'elle découvrait que Stan avait aidé des ci-devant... Et Stan, elle avait confiance en lui. Elle en était même un peu amoureuse, elle le reconnaissait.

– Il faut garder l'espoir, dit-elle.

Et, sentant qu'elle allait éclater en sanglots, elle quitta vivement la pièce.

– L'espoir..., ricana Pancrace avec amertume.

L'espoir de quoi ? Tout était de sa faute. Il se rendait compte maintenant que Hyacinthe savait, et qu'il avait vainement essayé de le prévenir. Et lui n'avait rien compris. Il n'accordait pas assez d'attention aux autres, voilà. Stan, lui, aurait su interpréter les gestes du petit. Stan n'était pas comme lui, Stan était généreux et attentif.

Mais pourquoi avait-il aidé des porteurs de faux passeports à s'enfuir ? Comment les connaissait-il ? Était-il amoureux de la jeune fille ?

Évidemment, Stan n'avait pas supporté l'incendie du château et la mort de ses parents. Peut-être y avait-il là une explication à son attitude.

C'était affreux, affreux. Il lui avait d'abord involontairement tué ses parents, et maintenant...

Oh ! Il aurait voulu être mort. Il aurait voulu disparaître sous terre au moment où l'ingénieur avait prononcé les mots « uniforme de postillon ».

Son tort, c'était d'imaginer que toutes les actions humaines étaient guidées par l'intérêt et l'appât du gain. Il les avait crus à l'origine de l'attaque de la malle-poste et de la fuite des voyageurs, c'est pour cela qu'il n'avait pas été effleuré par la pensée que Stan pouvait y être mêlé. Pourtant, il aurait dû se rappeler ce qu'avait dit Nazaire : l'homme masqué n'avait pas pris d'argent dans la malle. Or Jean-Baptiste l'aurait fait, lui !

Oui, c'était Stan, il n'y avait plus le moindre doute là-dessus. Et il avait agi par altruisme, pour le bien de ces gens, et au péril de sa vie.

Hyacinthe lui en voudrait atrocement, et il aurait raison. Un homme qui livre son neveu à la justice...

D'ailleurs où était-il, ce petit ? Plusieurs heures qu'il avait disparu. Pourvu qu'il ne se soit pas enfui par désespoir, pour ne plus voir la face du maître de poste ! C'est qu'il l'aimait, ce gamin, même s'il ne le lui avait jamais dit. Voilà, il ne disait jamais aux gens qu'il les aimait. Il ne savait que détruire. Tout était de sa faute.

Il imaginait Stan debout dans la charrette qui l'emmenait à l'échafaud, il voyait la guillotine, la bouche d'égout dont lui avait parlé ce sale veau de Pierre-Victurnien…

Comment l'empêcher ? Comment l'empêcher ?

– Mais qu'est-ce qu'il a fait au juste ? répéta la grand-mère entre deux sanglots, je n'ai toujours pas compris.

– Il a caché des ci-devant qui voyageaient avec de faux passeports, martela Pancrace.

Il songea que si Stan avait fait ça, c'était aussi à cause de lui, parce qu'il savait que ces gens ne passeraient pas la barrière du contrôle chez lui. Mais enfin, c'était son devoir ! Juste son devoir !

– Et c'est mal, d'aider des ci-devant ? demanda la grand-mère. Moi, j'ai bien connu la dame de Saint-Loup, et c'était une personne très bonne. Pourquoi est-ce qu'elle a été obligée de s'enfuir ?

Pancrace lui fit signe de se taire. Il ne manquerait plus qu'ils soient tous suspects ! Naturellement, la chasse aux nobles était finalement assez injuste, car ceux qui restaient au pays étaient généralement de bons citoyens, contrairement à ceux qui avaient fui en emportant leur fortune.

– Ne dis jamais ça, souffla-t-il. Même si tu le penses, tu ne dois pas le dire.

Pancrace fut soudain frappé par une idée. Sa mère avait raison. Les ci-devant que Stan avait aidés, qui étaient-ils ? C'est leur personnalité et elle seule, qui pouvait quelque chose pour la vie de Stan. S'ils s'agissait d'odieux profiteurs du peuple, c'en était fait de son neveu, mais si ce n'était pas le cas… Il fallait qu'il découvre leur véritable identité, qu'il sache…

Il s'était brusquement levé et dut s'appuyer à la table. Ça ne servait à rien. À rien. Le tribunal n'autorisait aucune enquête et aucun défenseur. On lisait l'accusation, on ne cherchait pas à savoir de quoi ni de qui il s'agissait vraiment. « A caché des ci-devant pour les soustraire à la justice. »… Et puis, le président du tribunal était un cousin de Quatreveaux. Autant dire que Stan était déjà condamné.

La première chose que Hyacinthe vit en ouvrant la porte de la cuisine fut le regard de Pancrace. Empreint du plus profond désespoir. Le visage du maître de poste était méconnaissable, son teint cadavérique, ses lèvres tremblantes. Alors il oublia combien il lui en voulait et il se jeta dans ses bras. Et ils se mirent à pleurer ensemble toutes les larmes de leur corps.

Hyacinthe fit signe d'écouter. Par la fenêtre de la cuisine ouverte sur la chaleur de midi, il venait d'entendre un claquement de fouet. Un claquement aussi strident qu'un coup de pistolet, la signature d'Honoré, un postillon du relais de Châtillon, qui arrivait avec la malle-poste.

Il se pencha au-dehors, mais la voiture était encore trop loin pour qu'il la distingue. Il y eut de nouveaux coups de fouet, que le jeune palefrenier traduisit dans sa tête : « Deux voyageurs, riches, à bien accueillir », et « Prévenir le maréchal-ferrant » (un des chevaux avait dû perdre un fer). Finalement, le fouet du postillon lui ressemblait : il parlait sans mots.

La porte s'ouvrit soudain sur Nazaire qui s'exclama :

– L'armée révolutionnaire ! Elle revient ! (Il considéra le maître de poste.) Redresse-toi et va baigner tes yeux, qu'on ne voie pas que tu as pleuré.

– Je n'ai pas pleuré sur Stan, protesta vivement

Pancrace, je n'ai pleuré que sur ma responsabilité, la mauvaise éducation que je lui ai donnée, et mon incapacité à l'empêcher de devenir un traître. Mais je le renie, il n'est plus mon neveu.

– ... Oui, laissa tomber Nazaire, ne te fatigue pas pour moi, Pancrace. Garde tes discours pour les sans-culottes. Et sèche ton visage. Tes larmes risqueraient de paraître antirévolutionnaires et le Comité de salut public ne semble pas encore fatigué de tuer. Il pourrait bien te les sécher d'un coup sur l'échafaud.

Jean, le second postillon, entra à cet instant.

– Les sans-culottes arrivent sur la route, confirma-t-il, avec des paysans suspects. La prison va finir par déborder.

« La prison ! songea aussitôt Pancrace. Et si on faisait évader Stan de prison ? »

– Elle ne restera pas pleine longtemps, commenta Nazaire. C'est le genre de lieu qui se vide très vite, en ce moment. Deux directions possibles : la prison du chef-lieu, antichambre de la sainte-guillotine, ou le retour à la maison. De plus en plus rare, celui-là.

Nazaire avait raison. Stan ne moisirait pas à la prison de Tue-Loup. ... Tue-Loup ! Quel nom absurde ! Ils auraient mieux fait de garder celui de Saint-Loup, ça les aurait peut-être protégés ! Demain, au point du jour, Stan partirait pour le tribunal du chef-lieu. Une journée de route, pas plus. On n'avait pas le temps de s'organiser.

Pancrace passa nerveusement sur son visage un torchon mouillé tandis que Nazaire poursuivait :

– C'est pas qu'on se plaint de quitter la prison, remarquez. Je ne connais pas celle d'ici, mais pour la plupart, si on y reste, on en crève aussi. Saleté, vermine, épidémies, nourriture infecte, soupe d'eau claire assaisonnée d'une poignée de cheveux du cuisinier, d'un peu de boue et de quelques vers. À Paris, on est tellement nombreux qu'on ne peut même pas s'allonger dans les cellules, ça déborde dans les couloirs ; bien content si on trouve deux brins de paille pour s'asseoir. Et, avec ça, la peur au ventre. La peur d'entendre les roues de la charrette dans la cour, la peur de voir la porte s'ouvrir et l'huissier du Tribunal révolutionnaire entrer, sa liste à la main. La liste des gagnants à la loterie de la sainte-guillotine…

Stupéfait, Pancrace dévisageait son maître d'écurie. Avait-il déjà séjourné en prison ?

– Et maintenant que la Terreur est aux mains des sans-culottes, reprit Nazaire, c'est pire que tout. Le seul avantage, c'est qu'on n'a plus le temps de mourir de maladie.

Par la fenêtre ouverte leur parvint soudain une voix de femme :

– Ceux qui sont contre les sans-culottes, j'aimerais faire rôtir leur cœur dans mon four et le déchirer avec mes dents !

Pancrace jeta à Nazaire un coup d'œil effrayé. Entendait-on depuis la rue ce qui se disait dans la cuisine de l'auberge ?

– La malle-poste arrive, interrompit-il. Va vite t'occuper de préparer les chevaux.

Yves rentra à son tour en venant de la cour, ce qui fit heureusement diversion. Il posa sur la table une lettre qu'il tenait en main et détacha l'insigne de postillon « 3 » de son bras, avant d'ôter sa veste.

– L'obligation de porter l'uniforme par cette chaleur… soupira-t-il.

Il saisit la lettre qu'il avait posée sur la table et l'ouvrit.

Plus personne n'osait dire un mot. La fenêtre grande ouverte faisait maintenant peur, et la fermer aurait paru suspect. Sans compter qu'on aurait crevé de chaleur, avec la cuisinière qui ronflait pour la soupe.

– C'est une lettre de Bretagne, annonça enfin Yves. De mes parents. Une bonne nouvelle. Ils pourraient nous vendre trois chevaux… Des cornards*.

Jean fit la moue.

Les cornards, pour la vitesse… Ils s'essoufflent comme rien, et on les entendra à une lieue.

– Ça économisera les grelots, ironisa Pancrace.

– Si tu veux des bêtes bien saines et pas malades, se moqua Yves, il vaut mieux que tu t'engages dans l'armée.

– Bon, soupira Jean, des cornards c'est mieux que rien. Et puis, s'ils sont trois, on a un attelage homogène.

– Exactement. On ne les met pas sur la malle-poste, seulement sur des voitures de particuliers. On prend un train tranquille, on se contente d'étapes courtes, et le tour est joué.

Hyacinthe saisit vivement le bras de Pancrace et fit un geste qui signifiait « doucement ».

Doucement quoi ? Vraiment, il fallait que cet enfant apprenne le langage des signes. S'il l'avait su, Stan ne serait pas en prison. Voilà que le jeune muet dessinait un cheval du bout de son doigt.

« Doucement » et « cheval ».

Oui ! « Train tranquille » avait dit Jean. *Train tranquille !* C'est ça qu'il fallait : que Stan parte vers la mort le plus lentement possible, pour lui garder ses chances le plus longtemps possible. Hyacinthe avait-il une idée derrière la tête ? Lui, en tout cas, il en avait une !

---

* Dont la respiration difficile rappelle le son du cor.

23

Une résolution bien périlleuse

Les gendarmes se dissimulèrent derrière les arbres. Ils avançaient vers le château, en catimini, progressant de buisson en buisson, de tronc en tronc. On ne voyait rien bouger, personne. Ils allaient prendre les oiseaux au nid.

Ils se déployèrent lentement pour encercler les ruines de Lars et couper toute retraite. Au signal, six hommes se précipitèrent vers l'entrée de la cave.

– Sortez, vous êtes faits !

Il n'y eut aucun mouvement. Fusil pointé, les gendarmes s'avancèrent sous la voûte. Pendant un moment, on n'entendit aucun bruit, que celui de leur respiration, puis quelqu'un cria :

– Une lanterne ! Qu'on apporte une lanterne !

Crispés, ils braquèrent leurs fusils sur le trou noir que constituait le fond de la cave, s'attendant à tout instant à se faire assaillir. Quand la lanterne arriva enfin, on la souleva pour voir le plus loin possible, et on s'aperçut que la cave était petite, fermée par des éboulis de pierres et, surtout, vide. Il ne restait que des traces de pas – innombrables – et, dans un coin, de la paille signalant qu'on avait installé là un lit de fortune.

Hyacinthe saisit la lourde selle dont l'arrière était armé de quatre crochets pour fixer la malle aux lettres. Elle appartenait au courrier qui convoyait à Paris les nouvelles des frontières. L'homme, qui prenait pour l'instant un peu de repos à l'hôtellerie, repartirait en même temps que la diligence. Vu la carence en postillons, impossible de faire autrement. Yves ramènerait tous les chevaux ensemble.

Hyacinthe se dépêcha de sangler la selle. Pas le temps de rêvasser. Yves était déjà prêt, et il venait même vers l'écurie en courant.

Le nouveau postillon ne s'inquiéta pas des chevaux, il demanda précipitamment :

– Nazaire, où est-il ?

Hyacinthe désigna la petite pièce où l'on rangeait le matériel, au fond de l'écurie. Il se passait quelque chose ?

– Nazaire, appela Yves d'une voix contenue. Il faut que tu te caches, j'ai entendu les sans-culottes, tu es déclaré suspect. On va venir t'arrêter !

On perçut un bruit de chute, comme si une étagère tombait. À cet instant, de l'autre côté, la troupe des sans-culottes pénétrait à son tour dans l'écurie.

– Citoyen Nazaire Thézé, tu es en état d'arrestation.

Trop tard !

– Sors ! Nous savons que tu es ici !

Il y eut un frottement dans la pièce, signalant que Nazaire quittait l'étagère sous laquelle il s'était réfugié. Il passa la tête par la porte. Il ne paraissait pas effrayé, ni même nerveux.

– Et sous quelle accusation, vaillants défenseurs de l'ordre public ? s'informa-t-il avec un calme presque insultant.

Le sans-culotte lut la feuille qu'il tenait en main :

– « Pour divulgation de fausses nouvelles, de nature à diffamer la Révolution et à décourager le peuple. »

– Fausses nouvelles, quelles fausses nouvelles ? Que le peuple meurt de faim ? Que plus personne n'ose parler à voix haute ? Nul n'a besoin de moi pour le savoir !

Deux hommes s'avancèrent vers lui d'un air menaçant, le saisirent brutalement par les bras et lui attachèrent les mains derrière le dos.

– Je peux prendre une tenue de rechange ? s'informa le prisonnier d'un ton serein.

– Pas question !

– Ça tombe bien, je n'en ai pas.

Le cœur malade, Hyacinthe attendit que les sans-culottes aient disparu sous le porche puis, laissant Yves ramasser les registres tombés de l'étagère, il traversa la cour à toute vitesse.

Personne dans la cuisine. Il ouvrit la porte donnant sur la grande salle et fut interrompu net dans son élan : Pancrace était attablé avec le chef des sans-culottes. Aucun des deux n'ayant fait attention à lui, il se blottit discrètement derrière le comptoir.

– Puis-je te parler en toute honnêteté, citoyen ? dit Pancrace.

– Ah ! Oui... Tu es le maître de poste, l'oncle du traître...

Pancrace se sentit blêmir. Il ne fallait pas. Il serra les poings pour les empêcher de trembler et reprit :

– Il a certainement des torts, cependant...

– Ton neveu, interrompit le chef, je le connais. Pas personnellement, bien sûr, mais, en venant ici, j'avais déjà son nom sur ma liste.

– Comment ça ? souffla Pancrace au bord de l'apoplexie.

– Il était suspect de modérantisme.

– De modérantisme ?

– Certains ici l'accusaient de penser que notre sainte-guillotine fonctionnait trop souvent. Il aurait dit... Attends, j'ai ici l'acte d'accusation... (il sortit un papier de sa poche) : « Stanislas Apert dit qu'il *n'aime pas l'ambiance de Terreur installée par le citoyen Robespierre pour purger le pays*, il lui reproche *d'être sourde et aveugle, de faire le mal en croyant faire le bien.* »

– Quelqu'un l'a donc accusé ? se révolta Pancrace, submergé par le dégoût. (Il ne contesta pas le fond. Il reconnaissait, hélas, la pensée de Stan.)

– Comme tu le vois. Aussi, cette nouvelle affaire de dénonciation ne m'a pas étonné. Il a ici un solide ennemi. Seulement, plusieurs accusations, c'est un peu trop. L'accusation tue l'accusation. Le fait que la seconde soit un coup monté discrédite la première.

Pancrace ouvrait des yeux ronds. Ce sans-culotte lui semblait finalement moins sanguinaire que beaucoup de simples citoyens de ce village.

– La consigne qui est donnée au peuple de dénoncer tout suspect, poursuivait-il, a ses inconvénients. Elle engendre de fausses révélations, qui ne sont que des vengeances. C'est à nous de les démêler, je crois.

Le poids qui étouffait Pancrace s'allégea doucement.

– Malheureusement pour ton neveu, reprit le sans-culotte, il y a eu cette autre affaire. Et il ne nie même pas.

– Tu lui as parlé ?

– Oui. À la prison. Il prétend pour sa défense que les ci-devant qu'il a cachés sont de bons patriotes. Ce à quoi je réponds que ce n'est pas à lui d'en juger. Les ordres sont d'enfermer tous les aristocrates, sans exception, et le Comité de salut public sait mieux que quiconque où se trouve le bien du peuple.

Pancrace se tendit de nouveau. Le sort en était jeté, il ne pouvait plus reculer. Il devait faire ce qu'il avait décidé. Il avait terriblement hésité, avec une peur atroce de commettre une sottise abominable mais, maintenant, il était trop tard pour tergiverser.

– Je ne veux pas prendre sa défense, commença-t-il prudemment, ce que je souhaite, c'est qu'il subisse une vraie justice. Qu'on l'emmène à Paris. Ici, tu l'as dit toi-même, il a des ennemis personnels, qui ont déjà tramé un complot contre lui.

Pancrace sentit la sueur lui couler dans le dos. Ça y était, il l'avait dit. Il se répéta que, de toute façon, si Stan était jugé par le cousin de Quatreveaux, il était mort. Mort pour mort, il fallait tenter…

Le chef se mordilla un moment les lèvres, cherchant visiblement à comprendre les raisons de pareille suggestion : chacun savait que l'accusateur public du tribunal de Paris, le sinistre Fouquier-Tinville, était un homme impitoyable. D'ailleurs, le meilleur moyen de se débarrasser de quelqu'un était de l'envoyer devant lui. Il se demanda si le maître de poste n'avait pas l'intention de supprimer son neveu, et s'il n'était pas pour quelque chose dans les dénonciations.

– Les ordres sont de conduire tous ceux qu'on accuse de conspiration au Tribunal révolutionnaire de Paris, répondit-il enfin d'un ton sec. J'y emmènerai donc ton neveu.

Puis il se leva et sortit.

Il y eut dans l'auberge déserte un silence de mort. Hyacinthe quitta sa cachette derrière le comptoir, s'approcha de Pancrace et serra sa main dans la sienne.

24

La charrette de la mort

La porte de la prison s'ouvrit et le soleil éblouit les prisonniers. Stan se redressa. Il n'avait pas fermé l'œil de la nuit, dans cet entassement de corps qui suaient la peur. Il y avait là un prêtre surpris à dire une messe interdite dans une clairière du bois, trois religieuses, Nazaire, une mère de famille ayant émis à voix haute qu'on n'aurait pas dû exécuter le roi, et une douzaine de paysans terrorisés, qui ne comprenaient pas que d'avoir gardé pour eux ce qu'ils avaient récolté puisse les conduire ici.

Les religieuses n'avaient pas prononcé un mot, la mère de famille pleurait sans cesse, le prêtre priait ostensiblement – énervant les gardiens – et Nazaire chantonnait des ritournelles de gamins. Quant aux frères Bricard, qui possédaient la ferme jouxtant le relais, ils jouaient aux cartes pour paraître sereins.

Stan se protégea les yeux de la main. Dehors, devant la prison, des gens criaient : « À la guillotine ! » Et c'est ce qui lui fit le plus de mal. Comment des villageois ordinaires, pas plus méchants que d'autres, pouvaient-ils en arriver là ? La peur ? Le besoin de trouver un coupable à leurs misères ?

Sur la rue, une grande charrette attendait, avec un attelage de percherons. Son cœur se serra quand il reconnut

Liberté, Révolution et Union… ses propres chevaux ! Il hésita entre le dégoût de voir qu'on mêlait ces braves bêtes à une ignominie, et un vague soulagement, comme une raison d'espérer. Il tenta de respirer pour empêcher les larmes de colère de lui monter aux yeux.

Il n'arrivait pas à en vouloir à son oncle. Le maître de poste devait être terriblement malheureux, et comprenait enfin à ses dépens qu'il n'était pas si facile de cataloguer bons et mauvais, révolutionnaires et contre-révolutionnaires, amis du peuple et ennemis du peuple. Quel danger avait-il, lui, fait courir à la République en empêchant qu'on emprisonne des innocents ?

À la pensée d'Hélène, son cœur se mit de nouveau à saigner. Les gendarmes avaient dû déjà les arrêter, sans ménagements, et il imaginait les mains si douces de sa bien-aimée, ses poignets si délicats, empêtrés dans des cordes qui leur mettaient la peau à vif…

Autour, les cris continuaient. « Traîtres ! Affameurs ! Scélérats ! »

On les avait attachés avec des menottes et des cordes, comme des bandits. Les gardes nationaux contenaient la foule, tandis que les sans-culottes les poussaient avec brutalité vers la charrette. Stan ne regardait personne. Aucun de ses amis du relais ne serait là, cette épreuve était trop dure pour eux. Il songea à Yves, à Jean, à Rosalie, à Hyacinthe… Pauvre petit Hyacinthe ! Au moment de monter dans la charrette, il ne put s'empêcher de lever les yeux. Et il vit que des femmes pleuraient. Un mélange de miel et de fiel emplit alors son cœur. Cela ne dura qu'un instant. Un coup de crosse dans le dos lui rappela qu'il n'était plus libre de penser et encore moins de décider.

Jean-Baptiste Quatreveaux s'approcha de la foule, et ouvrit des yeux stupéfaits : il venait de reconnaître sa femme, Catherine, les mains sur le visage, sanglotant sans retenue. La colère le prit, il marcha sur elle et la gratifia de deux claques bien sonnantes, avant de la renvoyer à la maison. Ce n'est que lorsqu'elle eut disparu de sa vue qu'il s'infiltra dans la foule pour chercher le visage exécré sur la charrette.

Il ne vit d'abord que le mendiant, Nazaire, ce minable que Pancrace venait d'embaucher aux écuries. Celui-là, il l'avait envoyé derrière les barreaux juste pour la gloire, et parce que c'était vraiment trop facile : ce déchet de l'humanité avait la langue salement pendue et ne pouvait s'empêcher de critiquer. Un homme à Pancrace de moins, c'était toujours ça de gagné.

Où était Stan ? Un sourire déforma sa bouche quand il le découvrit. Finalement, jusqu'au dernier moment il avait craint que quelque chose n'intervienne, ne se mette en travers de son chemin. Mais, heureusement, Dieu n'existait plus.

Jean-Baptiste examina le visage du postillon. Il semblait inexpressif. Pauvre petit prétentieux ! Il jouait les vaillants ! C'était le genre à monter sur l'échafaud la tête haute et à dire une phrase du genre : « Faites savoir à mon oncle que je suis mort avec courage. » Du vent ! Il passerait quand même ses nuits dans la terreur.

Jean-Baptiste se détendit. Tout avait marché au-delà de ses espérances, il n'en revenait encore pas. Ni ses lettres de dénonciation ni le coup du papier dans la botte et de la lettre de dénonciation n'avaient fonctionné, et on lui offrait en contrepartie, sur un plateau, une accusation implacable contre ce sale morveux de Stan ! Non seulement le postillon allait être raccourci, mais son oncle serait suspect et perdrait sa place de maître de poste. Après avoir obtenu la concession des diligences de Paris, Pierre-Victurnien Quatreveaux se verrait accorder le brevet de maître de poste… La mainmise sur tout le circuit du voyage. Et lui hériterait de tout ça, et de la notoriété qui allait avec !

Stan en avait les nerfs à fleur de peau. Il avait étudié toutes les possibilités de fausser compagnie à ses gardiens, évalué chaque portion de cette route qu'il connaissait si bien, de manière à choisir celle où il pourrait le plus facilement s'échapper, malheureusement il était lié aux autres prisonniers, et sauter à vingt ensemble de la charrette pour filer dans les bois était irréalisable. Surtout qu'ils étaient en permanence entourés par la troupe des sans-culottes.

Le plus désespérant était que, sans cette armée révolutionnaire, ils auraient été lynchés par la foule qui leur lançait des cailloux au passage et leur criait des insultes sans même savoir de quoi ils étaient accusés.

À Châtillon, on avait dételé ses chevaux, et Stan les avait vus repartir vers Tue-Loup, avec pour postillon un sans-culotte qu'ils ne connaissaient pas. Un crève-cœur.

Maintenant, plus aucun des prisonniers ne parlait. Ils étaient tellement entassés dans ce cercueil ambulant qu'ils ne pouvaient s'asseoir, et ces interminables journées debout, à supporter les soubresauts de la charrette, avaient achevé de les laminer. Ils n'arrivaient plus à penser. Ce n'était sans doute pas plus mal, car chaque tour de roue les rapprochait de la guillotine.

Aux étapes, la Garde nationale organisait leur transfert depuis la charrette jusqu'à un cachot en les protégeant des foules hurlantes qui se rassemblaient pour voir les *traîtres* et les *affameurs*. Les prisonniers passaient la nuit serrés les uns contre les autres sur un plancher jonché de paille puante, dans des odeurs de déjections. Nulle part on n'était organisé pour accueillir autant de monde, et on ne savait comment gérer les innombrables convois en marche vers Paris. On en était à improviser des prisons d'étape dans les couvents, les séminaires, n'importe quel bâtiment.

Stan avait décidé de ne plus penser à son sort, à ce qui l'attendait, ni à rien qui puisse le démoraliser. Il mettait à profit ces jours étouffants pour se remémorer chaque instant passé avec Hélène, depuis la minute où il l'avait vue tendre son passeport par-dessus le comptoir du maître de poste, jusqu'à celle où sa main avait si longuement retenu la sienne dans une longue caresse tandis qu'il s'éloignait, afin que leurs doigts ne se quittent qu'à la dernière seconde. C'était après le baiser. Et ce baiser, il le sentait encore sur ses lèvres. Ce serait son dernier souvenir s'il devait mourir.

Parfois, il quittait Hélène un fugace instant pour songer à cet incroyable enchaînement d'événements. Et dire qu'il projetait de partir à Paris pour se renseigner sur cette méthode de langage pour les muets ! Pauvre petit Hyacinthe. Sûr qu'il était malheureux, aujourd'hui. Et son oncle Pancrace ! Et sa vieille grand-mère !

25

Dangereuses cachotteries

– Quel jour est-on ? demanda la grand-mère qui passait maintenant la totalité de ses journées devant la fenêtre ouverte, à surveiller la rue dans l'espoir d'y voir paraître Stan.

Cent fois par jour, elle prétendait avoir reconnu le claquement de son fouet annonçant son arrivée. Pancrace ne la contredisait même plus. Il aurait bien aimé, lui aussi, pouvoir garder l'espoir. Cependant il avait du mal, beaucoup de mal.

– On est toujours octidi, comme ce matin, soupira-t-il.

Trois jours que la charrette avait quitté Tue-Loup. Un sans-culotte avait ramené les chevaux au relais et, depuis, on n'avait plus aucune nouvelle.

Pancrace avait cru qu'en envoyant Stan au loin, il aurait davantage de temps pour trouver une manière de lui venir en aide, mais tous ses plans lui paraissaient ridicules, d'autant qu'on l'empêchait, lui et les autres, de quitter le relais une seule seconde. On les soupçonnait d'avoir prévenu les ci-devant qui, paraissait-il, s'étaient enfuis.

Ils n'y étaient pour rien ! Aucun d'eux ne savait le moindre mot de cette affaire !

Là, Pancrace avait eu chaud. Il ne devait la vie qu'aux conseillers municipaux qui étaient ses amis, et l'avaient jugé innocent.

Dans quel monde vivait-on ? Il fallait que cesse cette affreuse Terreur qui jetait le soupçon sur tous les citoyens ! Comment n'avait-il pas perçu plus tôt combien elle les étranglait ? Est-ce que les autres, au conseil municipal, s'en rendaient compte aussi ?

De toute façon, personne n'aurait osé en dire un mot.

Pancrace fronça les sourcils. Depuis la porte de la cuisine, il voyait dans la cour Yves en train de charrier une brouette d'avoine pour la soupe des chevaux. Or ce travail revenait normalement à Hyacinthe… Où était passé le gamin ? Ça faisait un bon moment qu'il ne l'avait pas vu.

– Dis-moi, Rosalie, tu n'as pas aperçu Hyacinthe ?

– Non. Il voulait aller me chercher des feuilles de fragon* pour fabriquer des brosses à récurer la vaisselle, mais les gardes nationaux qui sont de faction devant la porte l'ont empêché de sortir. Je ne comprends pas qu'on enferme de pauvres innocents comme ça. Quelle menace veux-tu qu'il représente ?

Pancrace ne répondit pas. Il observait une chose curieuse au-dessus de l'écurie : une silhouette, arrivant de l'extérieur du relais, et qui venait de franchir le faîte du toit en roulant sur le ventre. Elle glissa vivement sur la pente et disparut par le vasistas ouvert. Cette silhouette ne lui était pas inconnue…

Appuyé au chambranle de la porte, il surveilla attentivement le bâtiment et, un bref instant, il oublia Stan. Un sourire passa sur ses lèvres. Voilà que Hyacinthe reparaissait comme par enchantement à la porte de l'écurie et

---

* Arbuste nommé aussi petit houx.

se dirigeait vers la laiterie en traînant le grand pot dans lequel on mettait le lait pour la soupe des chevaux. Il le prenait vraiment pour un sac à vent, celui-là !

Bon. Il ne lui dirait rien. Après tout, la vie était précieuse, on n'était pas jeune très longtemps, et il espérait qu'un gamin ne risquait pas l'échafaud pour une petite fugue au nez et à la barbe de la Garde nationale.

Pancrace ne revit pas Hyacinthe avant le soir (il avait certainement un gros retard à rattraper à l'écurie et – avec l'absence de Stan et de Nazaire – la situation devenait infernale.) En plus, les deux postillons étaient sur la route jour et nuit, et ils ne tiendraient pas longtemps comme ça. Il faudrait engager un autre homme... Seulement Pancrace n'arrivait pas à se décider. Il aurait eu l'impression de tuer Stan de ses propres mains.

Quand Hyacinthe entra dans l'auberge, les quelques voyageurs de passage avaient regagné leur chambre et Pancrace était seul au comptoir, à inscrire des chiffres sur le registre. Sans le regarder, le maître de poste conseilla :

– Monte donc te coucher, tu dois être fatigué...

Hyacinthe le tira par la manche.

– Hum..., grogna Pancrace en continuant à écrire.

Un coup plus violent le secoua.

– Qu'est-ce que tu as encore ?

Et c'est là que le garçon déposa sur le comptoir une petite liasse de papiers. Des papiers tachés de sang ! Des... Les passeports !

– C'est toi qui les avais volés ?

Hyacinthe fit signe que non, en commentant d'un geste de la main vers le haut qui désignait habituellement Stan. (Pancrace bénéficiait du même geste, mais dans la largeur.)

– Tu veux dire que c'est Stan qui les avait pris ? souffla Pancrace.

Oui.

– Pour quoi faire ? Pour les rendre aux ci-devant ?

Hyacinthe fit des gestes auxquels Pancrace comprit que lui venait de les récupérer auprès de ceux-ci, ce qui n'était pas l'exacte vérité. Il renonça à expliquer qu'il les détenait depuis quatre jours, depuis le moment où on l'avait autorisé à pénétrer dans la prison pour apporter le repas. C'est là que Stan les lui avait discrètement glissés dans la chemise.

Et il avait vécu dans la peur pendant sacrément longtemps, parce qu'il était resté coincé au Conseil municipal jusqu'au matin, avec ça qui lui brûlait la peau. Ce qui l'avait tourmenté le plus, c'était d'ignorer de quoi il s'agissait. Quand, une fois rentré à l'écurie, il avait enfin vu ce que c'était, il s'était senti moite de peur. Il avait vite caché les passeports dans sa paillasse.

En réalité, Stan ne l'avait pas vraiment mis en danger car, si on avait retrouvé les passeports sur lui, il aurait pu faire croire qu'il les avait volés pour jouer avec les enfants de Rosalie au *ci-devant qui essaye de s'échapper*.

– Tu as vu les ci-devant ? s'ébahit Pancrace. Tu es fou ! Tu sais ce que tu risques ?

Hyacinthe haussa les épaules, puis il joignit les mains comme s'il suppliait, et fit comprendre à Pancrace ce qu'il attendait de lui : qu'il réécrive sur les passeports les noms, et remette de vrais cachets.

– Hein ? Tu sais ce que tu me demandes ? De rédiger des faux !

Hyacinthe hocha fermement la tête. Un muet ne pouvait s'expliquer davantage et ça l'arrangeait bien. Quand il avait rapporté les passeports aux protégés de Stan (qui étaient maintenant SES protégés) ceux-ci lui avaient démontré l'impossibilité de les utiliser. Les noms étaient devenus illisibles et ils ne feraient pas dix kilomètres avec.

– Mais alors, tu sais où ils se trouvent ? réalisa Pancrace.

Hyacinthe eut un petit rictus malin avant de mettre sa main sur sa bouche en roulant des yeux qui suppliaient son maître de ne rien dire. Lui n'avouerait jamais où il avait emmené les ci-devant, un endroit sûr : la ferme des frères Bricard, qui avait été pillée après leur arrestation et où plus personne n'aurait donc l'idée de mettre le nez.

– Je t'interdis de t'en occuper ! s'effraya Pancrace. Tu risques la mort ! (Il se frotta vivement les tempes pour empêcher les larmes de venir.) Qu'est-ce que tu dis ? Que si je refaisais les passeports, ils s'en iraient ? Tu es tombé sur la tête !... Et ne me regarde pas avec tes yeux de poisson à l'étal.

Le maître de poste réfléchit. Si les ci-devant filaient et qu'on ne les retrouve jamais, personne ne pourrait apporter la preuve de la culpabilité de Stan. Est-ce que le manque de preuve servait à quelque chose ? Pas sûr.

Hyacinthe sentait-il son indécision ? C'est le moment qu'il choisit pour sortir de sa poche un petit morceau de bois.

– Qu'est-ce que c'est que ça ? s'exclama Pancrace en ouvrant des yeux ronds. Le cachet de la mairie ? Tu l'as volé ?

La première surprise passée, son cerveau se remit à fonctionner. Si quelque chose devait sauver Stan, il fallait qu'il le tente et, s'il mourait pour ça, il s'en moquait. Des passeports, il en avait déjà rédigé des centaines. Normalement, ils étaient signés par le maire, mais qui irait vérifier ? Et, en plus... Oui, autre chose dépendait de lui, puisque Quatreveaux l'avait traîtreusement nommé à la tête du Comité de surveillance !

Il saisit une feuille de papier sur l'étagère. Là-bas, à Paris, personne ne le connaissait. Personne n'avait entendu parler du maître de poste Pancrace Rupaud, et personne sans doute n'avait même entendu parler du village de Tue-Loup.

Hyacinthe se glissa dans l'écurie. La nuit était noire et il pleuvait à verse, si bien que les hommes de garde avaient dû s'abriter sous le porche. Il détacha Révolution et, longeant les murs, gagna la halle aux diligences, d'où l'on pouvait sortir directement sur la rue, à trente mètres de l'entrée officielle du relais.

Il caressa le cheval sur le front en essayant de lui faire sentir qu'il devait demeurer discret. Révolution était capable de comprendre cela, il percevait plus de choses que les autres, peut-être parce qu'il était aveugle. La preuve : il se mit en marche en déroulant souplement ses jambes afin que le choc de ses sabots sur le sol ne fasse aucun bruit.

Choisir un cheval aveugle pour la route était un peu délicat, mais tout autre le ferait arrêter. On se demanderait vite de quel droit il possédait un cheval bon pour l'armée. Signaler qu'il appartenait à un relais de poste n'arrangerait rien, puisqu'il n'avait pas d'uniforme et n'allait pas en poste.

Hyacinthe gratouilla la joue du cheval avant d'ouvrir avec délicatesse la porte sur la rue. La pluie frappait les pavés dans un bruit d'enfer et fonçait à toute vitesse vers le caniveau. Dieu existait toujours.

Hyacinthe se glissa dehors.

26

Reims !

– C'est Reims, souffla la voix craintive de la femme au moment où la charrette ralentissait à la porte de la ville. On arrive à la place de Mars.

Depuis longtemps, ils n'étaient plus seuls sur la route, et les voitures de prisonniers qu'on menait au Tribunal révolutionnaire de Paris formaient un véritable cortège. L'avantage était qu'on se sentait moins agressé par les huées de la foule. Et d'ailleurs, on ne les entendait plus. Ces hurlements sauvages qui avaient fait saigner les cœurs n'étaient plus que des mots creux, dénonçant la bêtise de qui les vociférait. On n'y voyait que l'enlaidissement soudain d'une fille qui aurait pu être jolie, la hideuse transformation d'une bouche en gargouille, la stridence d'une voix exhibant les bas-fonds de l'humanité.

Contrairement à ce qu'ils imaginaient, la charrette ne s'arrêta pas devant la prison, mais sur la place de la ci-devant cathédrale, qu'on nommait maintenant : « temple de raison ». On les fit descendre de la charrette en les frappant avec des piques. Ils en avaient une telle habitude qu'ils arrivaient à esquiver la plupart des coups, et que les autres ne tapaient que dans les bouchons de chiffons introduits aux bons endroits sous la chemise.

Le temple de raison avait partiellement été transformé en grange, et les prisonniers purent s'asseoir sur le fourrage destiné aux chevaux de l'armée. Il semblait qu'on les fasse attendre ici sur ordre de la Garde nationale de Reims.

Vers la fin de l'après-midi, des bruits coururent que, malgré le fonctionnement permanent de la guillotine parisienne, les prisons de la capitale étaient tellement engorgées qu'on ne pouvait plus y admettre personne. Les sans-culottes chargés du convoi semblèrent alors hésiter sur la conduite à tenir, et il y eut de nombreuses palabres avant qu'on ne rembarque finalement les prisonniers pour les répartir en ville. Certains furent envoyés dans les prisons improvisées du séminaire ou d'une maison particulière de la rue du Cloître. La charrette de ceux de Tue-Loup, elle, traversa la place où l'on avait solennellement cassé, quelques mois auparavant, la sainte ampoule qui contenait l'huile servant à sacrer les rois, puis, se frayant un passage à travers le marché aux draps, elle gagna la rue de la Prison.

C'est là que Stan remarqua devant lui un cavalier, qui portait un uniforme de commandant de la Garde nationale. Philippe ! Le fils du cordonnier du village !

Il l'eut à peine réalisé, que l'homme, tournant la tête, croisa son regard. Ce fut pour lui comme un coup de poignard. Pourvu que Philippe ne l'ait pas reconnu, et qu'il ne s'imagine pas qu'il était un traître !

Heureusement, le commandant n'eut aucune réaction. Stan, avec sa barbe de plusieurs jours, était sans doute méconnaissable.

La prison de Reims ressemblait aux autres. Geôle obscure, humide, sale, avec une seule lucarne, si haut placée qu'on ne voyait rien au-dehors. Il faisait une chaleur suffocante. Par habitude, on s'était répartis tant bien que mal dans la minuscule pièce prévue à l'origine pour deux prisonniers, et on s'éventait en silence avec sa main, sans trouver le courage de parler.

Parfois l'espoir revenait un peu, car le temps passé ici était autant de gagné sur un procès qui risquait de mal se terminer. Parfois on recommençait à se touementer en songeant que, si on ne bougeait plus d'ici, on serait peut-être jugé sur place, et donc encore plus rapidement.

La femme qui, jusque-là, avait passé son temps à pleurnicher, s'était définitivement calmée en apprenant que les femmes enceintes ne pouvaient être guillotinées. Comme elle attendait son huitième enfant, sa mort était reportée de plusieurs mois. Maintenant, au lieu de pleurer, elle priait on ne sait qui (l'Être Suprême ?) pour que la porte de la prison s'ouvre avant cette échéance.

– Ça fait combien de temps que nous sommes là-dedans ? soupira Stan.

– Au moins quatre jours, compta Nazaire. Quatre jours de gagnés sur la mort.

– Nous n'avons pas mérité la mort, gémit un des paysans.

– Nous sommes les ENNEMIS DU PEUPLE, fit remarquer Nazaire.

– Je hais les sans-culottes, siffla l'autre entre ses dents.

– Allons allons, ricana Nazaire, ne généralise pas, citoyen, il y a de tout là-dedans, des bons et des mauvais, comme partout. Et personne n'est condamnable d'avance

Cette dernière phrase, même si elle ne concernait pas les prisonniers, restaura un peu d'espoir. La conversation se fit générale, chacun ressassant une énième fois les arguments qui pouvaient sauver sa tête devant le tribunal.

Nazaire commenta alors à l'adresse de Stan en baissant la voix :

– Je les connais bien, les sans-culottes, j'ai été des leurs.

– Toi ?

– Et pas plus tard qu'en août dernier, à Paris, je suis entré avec eux dans la basilique Saint-Denis, pour mettre à sac les tombeaux des anciens rois.

– Mettre à sac des tombeaux !

Percevant la désapprobation dans le ton de Stan, Nazaire crut bon d'ajouter :

– Ne crois pas que j'en sois fier. À quoi ça rime de s'en prendre aux morts ? (Il resta songeur.) Lorsqu'on a sorti le corps du ci-devant roi Henri IV et qu'on s'est aperçu que, après presque deux cents ans, il était parfaitement conservé, ça nous a fichu un doute. Malgré tout, il y en a un qui a crié en agitant une touffe de poils : « J'ai coupé les moustaches du tyran ! » Et là, j'ai eu honte. Alors j'ai pris mon sac et j'ai marché vers l'est. On disait qu'en province, la vie était plus calme.

– C'est vrai, reconnut Stan, nous n'avions pas d'excès. Jusqu'à présent.

Il y eut un bruit de porte. On tourna vivement la tête, guettant avec crainte ce qui allait surgir derrière la grille.

Ce fut le concierge qui parut, son éternel sourire narquois sur les lèvres. Il s'arrêta devant la geôle et dévisagea chacun en ricanant, après quoi il chercha ostensiblement dans la liste qu'il tenait à la main. Les respirations s'arrêtèrent. Enfin il prononça avec emphase un nom, celui du prêtre.

L'homme d'Église ne dit pas un mot. Il joignit les mains, baissa les yeux, et sortit sans un regard pour ses compagnons. Stan eut soudain l'impression qu'il allait à la mort. Pouvait-on mourir ici ?

L'angoisse saisit tout le monde. On guetta la réapparition du prêtre, mais il ne revint pas. Longtemps les respirations restèrent suspendues au bruit de la porte. Dans l'espoir, d'abord, puis dans la terreur. L'espoir qu'elle annonce le retour du prêtre, la terreur qu'elle tire de la geôle un autre d'entre eux.

Le jour était à peine levé quand elle grinça de nouveau. On ouvrit les yeux brusquement, la frayeur au ventre, en évitant de bouger, comme si le moindre mouvement risquait de vous dénoncer et de vous conduire à la mort.

Ce n'étaient que deux prisonniers, distribuant du pain.

– Sait-on où on a emmené le prêtre ? demanda rapidement la femme.

– Il est parti pour Paris, répondit un des prisonniers. On l'accuse d'avoir aidé à cacher les reliques de saint Rémi pour qu'elles ne soient pas détruites. Je ne donne pas cher de sa peau. Pensez donc, saint Rémi, l'évêque qui a baptisé Clovis, premier roi des Francs !

– Plus de rois, plus de prêtres, plus de moines, commenta l'autre. Fini les oppresseurs… Sauf qu'ici, ça nous a bien coûté, la disparition des religieux.

– Pourquoi ? fit l'autre, méfiant.

– Leur habit était cousu dans du drap de Reims, et j'étais tisserand… Maintenant, les tisserands fabriquent le tissu des uniformes de la Garde nationale.

Il ne dit pas la raison de son arrestation, mais il y avait fort à parier qu'il avait vendu son tissu en fraude au lieu de le réserver aux soldats, priorité de la Nation.

Au moment où les prisonniers mordaient dans ce pain qui n'avait jamais vu ni blé ni seigle, la porte du couloir couina.

– Ah ah ! plaisanta grassement la voix tant redoutée, pour qui ça va être, aujourd'hui ? Qui veut aller voir la petite Louison* pour un joyeux raccourcissement patriotique ? Qui veut aller demander l'heure au vasistas ?

– Maudit vicieux, grogna Nazaire. Nous foutre la trouille l'excite.

Les prisonniers qui distribuaient le pain s'éloignèrent aussitôt, et le visage malveillant se dessina derrière les barreaux de la cellule.

– Certains d'entre vous, sales traîtres, ricana le concierge, s'imaginent qu'ils ne peuvent pas mourir avant d'avoir été jugés…

Il ne finit pas sa phrase, la laissant planer comme une menace. La femme enceinte se mit à gémir en se tordant les mains et les religieuses tombèrent à genoux pour prier.

– Vous, là, les trois pies, debout ! Vous êtes de sortie. On va jouer à la main chaude.

Il désignait du doigt les religieuses. Dans un silence de mort, les robes noir et blanc se relevèrent, les religieuses se prirent les mains sans un mot, pour se réconforter, puis, baissant leur regard ainsi que l'avait fait le prêtre, elles sortirent l'une derrière l'autre.

Dans la cellule, on ne broncha pas. Le soulagement de n'être pas personnellement concerné muselait la compassion. Le concierge continua son chemin en braillant de nouveau :

---

* La petite Louison, le vasistas, jouer à la main chaude ou le rasoir national sont des expressions évoquant la guillotine.

– La petite Louison… Qui veut voir de près la petite Louison ?

Les poumons congestionnés se remirent à fonctionner, tout doucement, comme s'ils n'osaient pas encore donner de l'air à des morts en sursis.

On mangea assis sur les bûches entreposées là, puis on remua la paille étendue sur le sol et on l'entassa dans un coin de manière à ne pas la salir inutilement. Après quoi les frères Bricard eurent l'autorisation de sortir sous escorte pour vider les baquets d'excréments.

Les prisonniers repassèrent, avec un seau d'eau pour la toilette et, cette fois, malgré les questions, ils ne purent ou ne voulurent dire ce qu'il était advenu des religieuses.

– Barbier ! proposa un homme en se présentant à la porte. Qui veut passer au rasoir à barbe avant de passer au rasoir national ?

– Très drôle, grogna un des frères Bricard.

Stan passa la main sur sa barbe de huit jours. Avec quoi payer le barbier ? Il n'avait pas eu le temps de prendre de l'argent avant de partir. Pourtant, s'il devait monter à l'échafaud, il souhaitait y paraître propre et digne.

– Pas de regrets, lui souffla Nazaire. Son rasoir passe aussi bien sur la couenne des galeux et des teigneux. Crois-moi, mieux vaut être barbu qu'infecté.

– Infecté, ricana Stan. Il faudrait qu'on nous en laisse le temps !

– Bah ! Moins on pense, mieux on se porte, soupira Nazaire. Viens donc faire le quatrième aux cartes.

En principe, avant le repas de midi – consistant sans doute en quelques haricots baignant dans la graisse au fond d'une assiette sale – ils ne seraient plus dérangés.

Stan considéra ses cartes. Il avait le roi de cœur, qu'on nommait aujourd'hui *génie de la guerre*, le valet de carreau – *égalité des races* – et la dame devenue *liberté des cultes*, qu'il préférait, lui, continuer à appeler dame de cœur. Elle lui rappelait Hélène. Dans quelle prison se trouvait aujourd'hui sa bien-aimée ? Si au moins elle était avec lui…

Il ne sut par quelle association d'idées, il repensa alors à Philippe.

Le fils du cordonnier avait dix ans de plus que lui, mais ils s'étaient bien connus, car Philippe avait été premier postillon au relais de Tue-Loup, et lui avait même enseigné le métier. Autrefois postillon, aujourd'hui commandant de la Garde nationale… Pas étonnant, finalement. Un homme intelligent, bon avec les chevaux, compréhensif avec les humains. Pas un extrémiste. Du moins en ce temps-là.

Une subite révélation frappa Stan : Philippe avait forcément eu vent de son arrestation ! Son père, le cordonnier, lui écrivait presque tous les jours pour l'informer de ce qui se passait au village et, la malle-poste courant sur les routes plus vite que leur pauvre charrette, les lettres de Tue-Loup avaient dû parvenir ici depuis longtemps !

Oui… Philippe savait. Bien qu'il n'en ait rien laissé paraître, il l'avait forcément reconnu. Stan se sentit mal à l'aise.

Philippe ouvrit des yeux surpris. À l'angle de la rue, ce cheval… c'était Révolution, il en aurait mis sa main au feu ! Le boulonnais blanc qui avait échappé à l'incendie du château de Lars, et était arrivé au relais avec Stan. Y avait-il un rapport entre la présence de ce cheval et l'arrestation du neveu de Pancrace ?

Révolution était monté par deux personnes, un garçon et une femme, qui ne regardaient pas de son côté. Le garçon pouvait avoir une douzaine d'années, et Philippe aurait parié qu'il s'agissait de Hyacinthe, même si, en quatre ans, il avait changé. La femme – plutôt une jeune fille – il ne la connaissait pas. Elle n'était pas de Tue-Loup, ni de la commune : s'il l'avait vue ne serait-ce qu'une seule fois dans sa vie, il ne l'aurait pas oubliée.

La cavalière se laissa glisser doucement sur le sol, puis s'engouffra dans la rue de la prison, tandis que le garçon s'éloignait avec Révolution.

Intrigué, Philippe pressa le pas, contourna le pâté de maisons, et arriva par l'autre bout de la rue devant la prison où ses hommes veillaient. Il ne s'était pas trompé, c'était là que la jeune fille se rendait.

– Mon commandant ! appela alors un garde. Cette femme insiste pour voir un prisonnier.

– Ses papiers sont-ils en règle ? demanda Philippe d'un ton neutre.

– Oui. Mais, normalement, les visites sont interdites.

– Les ordres de Paris sont de les interdire, nota le commandant. Ici, nous sommes à Reims. Et Reims fait ce qui lui plaît.

Il jeta un coup d'œil au papier que le garde lui tendait. Le certificat de civisme avait été rédigé par Pancrace Rupaud, du *Comité de surveillance révolutionnaire de Tue-Loup*. Il était au nom de Hélène Apert, épouse de Stanislas Apert. Une « attestation véritable et sincère que Hélène Apert, qui est née et a grandi dans notre village, a toujours donné des preuves du plus pur patriotisme ». Le cachet était celui de la mairie de Tue-Loup.

Un certificat de civisme prétendant que cette jeune femme était née dans un village dont il connaissait chaque habitant, et signé par l'oncle d'un probable condamné à mort, dont elle serait l'épouse...

– Alors vérifiez les papiers, dit-il au garde comme s'il n'y avait pas prêté lui-même attention, et s'ils vous paraissent en ordre, laissez-la entrer.

Et, sans rien ajouter, il s'éloigna.

Le certificat de civisme était parfaitement valable, puisqu'il était signé par le Comité de surveillance révolutionnaire ; ce qu'il prétendait était une autre affaire ! Mais ça, le garde ne pouvait pas le savoir.

27

Du bleu dans un ciel d'orage

– Le carrosse de la mort est avancé ! cria le concierge.

Un frisson passa dans la cellule. Dehors, on percevait nettement le roulement d'une charrette entrant dans la cour.

La charrette du tribunal ! On venait les chercher !

Les prisonniers demeurèrent pétrifiés, à guetter avec terreur la silhouette du concierge, suppliant le ciel pour ne pas entendre crier leur nom.

Un long moment, ils ne respirèrent plus, essayant d'interpréter les différents sons qui venaient de la cour. Et soudain, le roulement reprit. La charrette repartait-elle ? Sans eux ?

Ils n'osaient y croire.

– À qui le tour ? chantonna le concierge.

De leur cachot, les prisonniers de Tue-Loup ne le voyaient pas, ils l'entendirent simplement annoncer aux premières cellules du couloir :

– Le commandant de la Garde nationale a eu une très bonne idée en retenant les convois à Reims. On va enfin, nous aussi, avoir du spectacle ! Du beau sang bien rouge qui gicle sur le pavé ! À qui le tour ?

Il poursuivit son chemin et passa devant la cellule de Tue-Loup sans même y jeter un coup d'œil. On resta un long moment, muet, à écouter le pas qui s'éloignait. C'est alors que la porte du couloir se rouvrit et qu'une voix lança :

– Stanislas Apert !

Tout le monde se raidit et les regards effrayés convergèrent vers le couloir. Des pas. Un garde national… La terreur voûta les dos.

Derrière lui, on apercevait le bas d'une robe.

– Une visite ! annonça le garde en faisant tourner rapidement la clé dans la serrure.

Il entrouvrit la grille et s'effaça pour laisser passer la robe.

Il s'agissait d'une jeune fille que personne ne connaissait. Personne sauf Stan, visiblement, car il demeurait pétrifié par l'apparition. Enfin il fit un pas en avant, eut un geste pour prendre les mains de l'étrangère, et la serra finalement contre lui comme un noyé s'accroche à un radeau. Longtemps, les deux jeunes gens restèrent étroitement enlacés, sans dire un mot, puis Stan se détacha doucement, caressa les cheveux de la jeune fille, embrassa son visage… Les yeux se détournèrent.

– Ils t'ont arrêtée aussi, souffla-t-il enfin. J'ai tant espéré que tu avais pu t'échapper.

– J'ai pu m'échapper, Stan.

– Comment… tu es libre ?

– Oui. Mais sans toi, je ne veux pas partir.

– Tu es venue pour moi ? Tu es folle !

– J'aurais été folle de rester loin de toi. Et d'ailleurs, j'étais en train de le devenir.

Stan lui saisit la main et l'entraîna dans un coin de la cellule. Il y eut alors une sorte de mouvement de foule qui forma comme un rempart autour d'eux.

– Tu n'as donc pas été arrêtée ?

– Ni mon père, ni mon frère, rassure-toi.

– Et comment as-tu su ce qui m'était arrivé ?

– Par Hyacinthe.

– Hyacinthe ? (Stan tombait des nues.) Hyacinthe ignorait tout de vous !

– Il faut croire que non. Ce garçon est muet, mais pas aveugle, et encore moins idiot. Si j'ai bien compris, il t'a suivi un jour où tu venais nous voir. C'est grâce à lui que nous sommes toujours en vie, car il a réussi à nous prévenir de ton arrestation et à nous cacher avant que les gendarmes ne viennent nous arrêter. Il nous a même fourni ensuite passeports et certificats de civisme. De vrais certificats. Regarde.

Elle sortit un papier et le lui tendit.

Le certificat était signé de Pancrace Rupaud, *Comité de surveillance révolutionnaire de Tue-Loup.*

Stan lut lentement, plusieurs fois, comme s'il n'en croyait pas ses yeux, puis un sourire éclaira son visage.

– Je suis très heureux d'apprendre que tu es ma femme, dit-il. C'est la meilleure nouvelle que j'aie jamais lue.

– Tu es libre de dire non, précisa-t-elle.

Le sourire de Stan s'effaça peu à peu. Il prit le visage de la jeune fille entre ses mains et posa doucement ses lèvres sur les siennes. Un long moment passa. Ils n'entendaient pas les conversations qui avaient repris autour d'eux, ni les blagues fumeuses du concierge quand il repassa devant la grille, ni la nouvelle de l'arrivée d'un autre convoi de prisonniers.

– Comment as-tu su que j'étais ici ?

– Je me suis renseignée en chemin. Pendant longtemps, Hyacinthe et moi, nous avons vécu dans la terreur de ne pas pouvoir rattraper la charrette avant Paris. Nous avons été incroyablement soulagés d'apprendre que le convoi s'était arrêté ici.

– Et Hyacinthe, où est-il ?

– Il est reparti. J'ai eu beaucoup de mal à le convaincre de me laisser agir seule et de rentrer à Tue-Loup, mais il a fini par se rendre à mes raisons. Il voulait me laisser le cheval…

– Quel cheval ?

– Son nom est Révolution.

Révolution ! Son plus vieil ami, le compagnon de tous ses malheurs, avait amené Hélène ici !

– Ne perdons pas de temps, reprit rapidement la jeune fille, il faut que nous échangions nos vêtements.

– Échanger nos vêtements ? Que veux-tu faire ?

– Si tu mets ma robe, tu n'auras aucun mal à sortir d'ici. Et tu seras libre.

Stan la regarda d'un air stupéfait.

– C'est ça, ton plan ? C'est pour ça que tu es là ?

– Cela peut marcher.

– Et tu crois que je vais te laisser ici, à ma place ?

– Je ne risque pas la mort.

– Qu'est-ce que tu en sais ? Je ne prendrai sûrement pas le risque ! Je préfère mourir. Va-t'en vite avant que quelqu'un n'ait l'idée de vérifier de près ton certificat de civisme.

– Je ne m'en irai pas, décréta Hélène. Si tu dois mourir, je préfère mourir aussi.

– Hélène…

– Quant à mes papiers, à part le nom, ils sont en règle, puisque le chef du Comité de surveillance en personne les a signés.

Stan eut une pensée émue pour son oncle qui avait pris des risques immenses pour lui.

– Bien sûr, dit-il, mais si quelqu'un du village tombait dessus…

– Tue-Loup est loin, rassura Hélène. Et les gardes les ont étudiés dans le détail avant de me laisser entrer. Tout s'est très bien passé. Même le commandant de la Garde nationale a jeté un coup d'œil dessus.

– Le commandant de la Garde nationale a vu ton certificat de civisme ? s'exclama Stan avec frayeur.

– Oui, il l'a lu, répondit Hélène, surprise.

– Alors nous sommes perdus.

Stan avait essayé de raisonner Hélène, cependant elle refusait toujours de quitter la ville. Elle avait pris pension dans une auberge et venait le voir tous les jours, malgré le danger qui pesait sur elle. Chaque matin, Stan espérait qu'elle avait enfin entendu raison et ne viendrait pas ; et chaque matin il redoutait qu'elle ne vienne pas.

Ce jour-là, elle était arrivée depuis une heure environ, lorsqu'un bruit emplit les couloirs. Il était question de Paris.

– Qu'est-ce qui se passe ? cria une voix venant de la cellule voisine.

– On va vider la prison ! répondit une autre, pleine d'angoisse.

Paris ! On les envoyait à Paris !

Des mains affolées saisirent les barreaux et secouèrent les grilles avec désespoir. Un des paysans mouilla son pantalon. Un long moment, on n'entendit plus que des pleurs et des hurlements.

– Hélène, chuchota Stan, il faut que tu t'en ailles, maintenant.

La jeune fille se serra contre lui.

– Je reste avec toi. Je suivrai la charrette et, si on te guillotine, je dirai mon nom, pour qu'on me tue aussi.

– Ta mort ne servirait à personne ! s'exclama Stan. Je t'en prie, mon amour, tu dois partir.

– Mes papiers disent que nous sommes mariés. Le devoir d'une femme est de suivre son époux.

Stan la contempla avec désespoir.

– Hélène, murmura-t-il en la serrant contre son cœur, marions-nous.

Puis il lança à la cantonade :

– Quelqu'un sait-il célébrer un mariage, ici ?

La surprise fit taire les cris et les gémissements.

– Moi ! répondit alors Nazaire. J'ai été officier municipal.

– Toi ? s'étonna Stan. Je me demande ce que tu n'as pas essayé, dans ta vie !

– Je n'ai encore jamais rendu le dernier soupir, et je ne suis pas pressé de tenter l'expérience.

– Moi non plus ! s'écria la femme avec une telle fougue que l'assemblée ne put se retenir de sourire.

– Bien, reprit Nazaire. Pour un mariage, rien de plus simple. Surtout depuis qu'on a laissé tomber les curés. Il me faut simplement quatre témoins.

Tout le monde leva la main.

– Je déclare prendre Stanislas Apert en mariage.

– Je déclare prendre Hélène… (Stan considéra soudain la jeune fille avec des yeux interrogatifs.) Je ne sais même pas ton vrai nom.

Hélène se tendit, comme si le ciel devait lui tomber sur la tête si elle l'énonçait. Elle posa une main tremblante sur le bras de Stan en songeant que cela n'avait plus d'importance. C'était la dernière fois qu'elle le prononçait, puisqu'elle prendrait maintenant le nom de son mari. Son mari… Elle sourit et déclara :

– Hélène de Montauvard.

– Hélène de Montauvard, répéta aussitôt Stan en emprisonnant la main qui retenait son bras dans une si douce caresse, je déclare te prendre en mariage et te chérir pour le reste de ma vie.

– La deuxième partie de la phrase, nota Nazaire, n'est pas prévue dans la formule. C'est à tes risques et périls, citoyen.

– Quels risques ? demanda Stan en faisant l'étonné.

Puis il attira doucement Hélène contre lui et tout s'effaça. Les murs de la prison, la paille crasseuse, les cris de la rue qui répétaient le nom de Paris. Il ne sentait que la chaleur de cette joue appuyée contre sa poitrine, le souffle léger sur sa chemise, les lèvres qui déposaient un baiser à travers le tissu.

– Aujourd'hui, 11 thermidor de l'an II, reprit Nazaire sans être sûr de la formule exacte, vous êtes mariés.

La porte du couloir. Des pas.

– Allez, mes agneaux ! chantonna le concierge, on va prendre l'air !

– On va à Paris ? s'affola la femme.

– Tsss... Paris ! Ils n'ont que ce mot à la bouche ! Oh non, on ne vous envoie pas à Paris, on vous garde ici. Le spectacle, c'est pour nous. Vous n'entendez pas les coups de marteau ? On finit de consolider notre sainte guillotine, vous allez pouvoir mettre votre tête à sa fenêtre, mes agneaux !

Stan poussa doucement Hélène vers la porte, pour qu'elle s'en aille.

– Toi, la petite dame, intervint le concierge en remarquant son manège, tu restes là. Ordre du commandant de la Garde nationale en personne. Tu es recherchée par la police, inutile de le nier.

28
La lumière du jour

Stan jeta à Hélène un regard désespéré. Elle tenta de lui sourire pour le rassurer, mais c'était un pauvre sourire. Il la serra contre lui et ils suivirent le flot des prisonniers qui se déversait maintenant dans le couloir. C'était fini.

Est-ce qu'on avait eu peur de ce moment trop longtemps ? Plus personne ne semblait pouvoir crier, ni pleurer.

Cernés par les gardes, tous les prisonniers passibles du tribunal révolutionnaire furent rassemblés dans la cour, sous un soleil de plomb qui brûlait les yeux. La guillotine n'avait pas été montée là. La tueuse fonctionnait forcément sur la place principale, pour que le peuple entier puisse profiter du spectacle.

Ceux de Tue-Loup – qui, voilà un mois, se parlaient à peine – s'agglomérèrent dans un coin, comme s'ils ne pouvaient plus se séparer, comme s'ils se sentaient ainsi plus forts.

Plus forts que quoi ? On ne pouvait rien contre le couperet.

Et ils n'avaient même pas été jugés ! Était-il possible d'être condamné sans jugement ?

La grande porte s'ouvrit sur un détachement de soldats emmenés par le commandant de la Garde nationale.

Tous le fixèrent avec terreur. Ils allaient être condamnés par l'un des leurs !

Un paysan se mit à pleurer.

Le commandant n'eut pas un geste pour signifier qu'il les connaissait. Il leva devant ses yeux une liste de noms, qu'il lut un à un, d'une voix unie, en ajoutant à chaque fois les chefs d'accusation. Celui d'Hélène était le dernier. Il l'appela Hélène Apert.

Puis il regarda ces hommes et ces femmes, ceux qui venaient de son village et les autres, et il dit :

– Les Comités de surveillance de la ville de Reims, après en avoir délibéré, déclarent qu'aucun des actes qui vous sont reprochés ne paraissent de nature à mettre la nation en danger. Souhaitant ne pas engorger les prisons de Paris, ils ont décidé de vous remettre en liberté. Avec avertissement aux trafiquants de denrées alimentaires que la moindre récidive leur serait fatale.

Il y eut un moment de stupéfaction, un silence de mort, avant qu'on ne pénètre vraiment le sens de ce qu'on venait d'entendre. On crut avoir rêvé.

Déjà, Philippe roulait de nouveau le papier.

– Nous sommes libres ? bégaya Nazaire ahuri.

– Vous êtes libres, confirma Philippe.

La joie explosa alors dans la cour. On s'embrassa, on se congratula, on pleura. Et enfin quelqu'un, n'arrivant pas encore à y croire, demanda :

– Et… la guillotine ?

– Quelle guillotine ?

– Celle de… le concierge…

– Le concierge en demande effectivement une depuis longtemps. Il ne l'a pas obtenue. Il n'y a jamais eu de guillotine à Reims.

Pas de guillotine à Reims ?

– Salaud de concierge ! siffla Nazaire.

Du coup l'agitation reprit le dessus. Le concierge, où était-il ? On se précipita dans le bâtiment, on le tira de sa loge… Les gardes ne purent rien pour sa protection, il fut saisi par vingt mains et projeté dans le baquet d'excréments. Puis, sans plus s'occuper de lui, on courut en riant vers la cour, vers la porte qui ouvrait sur la rue, vers la liberté.

Seuls Stan et Hélène étaient demeurés auprès du commandant de la Garde nationale.

– Ce concierge, laissa tomber Stan, la lie de la société.

– Il ne représente pas la ville, observa Philippe. C'est un exalté. Fort heureusement, Reims est comme son maire, révolutionnaire convaincue mais pas sanguinaire. C'est pour cela que j'ai arrêté ici le plus de convois possibles.

– *Tu* as arrêté ? s'ébahit Stan.

– Oui. Je voyais passer trop de charrettes, menant trop de gens à la mort. Alors j'ai lu les actes d'accusation et je me suis rendu compte que la plupart des délits commis ne méritaient pas la guillotine. Je peux te le dire, j'ai été heureux de pouvoir t'intercepter.

– Quand je t'ai vu, j'ai eu si peur que tu me juges mal.

– Stan, tu plaisantes, je te connais !

– Tu aurais pu changer…

Philippe se mit à rire.

– C'est aussi pour cela que j'ai gardé Hélène. En l'inscrivant sur ma liste, je la blanchissais en même temps que toi. J'ignore pourquoi elle possède de faux papiers mais, avec ton nom dessus, j'ai confiance.

Stan secoua la tête avec soulagement.

– Tu nous réconcilies avec notre monde, dit-il enfin.

– Néanmoins, reprit Philippe, bien que j'ignore le nom

de jeune fille de ta femme, je suppose que, pour l'instant, il vaut mieux qu'elle s'abstienne de le mentionner, n'est-ce pas ?

– Je le crois aussi, acquiesça Hélène en glissant sa main dans celle de son mari. Heureusement, mon nouveau nom me convient très bien.

Stan pressa amoureusement sa paume contre la sienne puis, soudain inquiet, il regarda Philippe.

– Tu es sûr que tu ne risques pas de représailles ?

– Tranquillise-toi, j'ai attendu mon heure. Il y a une chose que vous ne semblez pas savoir…

– Laquelle ?

– Le citoyen Robespierre a été guillotiné hier, à quatre heures de l'après-midi.

– Robespierre guillotiné ? souffla Stan. Ce serait la fin de la Terreur ?

– C'est grâce à cela que j'ai pu vous libérer. Cette exécution sonne le retour à la raison et permet enfin d'entendre toutes ces voix qui hurlaient que la guillotine étouffait dans son sang.

– Quel soulagement ! soupira Stan. On recommencerait enfin à raisonner en être humain ?

– Était-ce la raison des bruits, dans la rue ? demanda Hélène. De ce « Paris » qui nous a tant inquiétés ?

– On l'a su par les journaux de Paris, confirma Philippe.

– Mais, reprit Stan, le prêtre et les trois religieuses… Est-il trop tard pour eux ?

Philippe eut un geste d'impuissance.

– Le prêtre était réclamé nommément. Je n'ai rien pu faire. Quant aux religieuses, nous avions besoin d'elles à l'hôpital des orphelins. Une fois débarrassées de leur habit religieux, elles sont des infirmières comme les autres.

– Infirmières ?

À cet instant, la porte de la cour se rouvrit et Nazaire appela :

– Stan ! Hélène ! Vous tenez vraiment à rester là ?

Stan fit un signe pour indiquer qu'ils arrivaient. Saisissant ensuite les mains de Philippe, il les serra longuement dans les siennes sans rien dire.

Le commandant de la Garde glissa la liste des prisonniers sous son bras, jeta un bref regard à Hélène et, un vague sourire aux lèvres, il soupira :

– Tu es un homme heureux, Stan.

Et il tourna les talons.

Le soleil était gai et chaud lorsque Stan et Hélène franchirent la porte de la prison. Serrés l'un contre l'autre, ils regardèrent le ciel, puis la rue envahie par la foule. De longues minutes, ils demeurèrent comme cloués sur place par l'invraisemblable sensation de vie qui montait des rues, par le vacarme, par le bonheur.

– C'est bon de respirer, s'exclama Nazaire, hein ?

Ils ne répondirent pas. Ils venaient de remarquer une curieuse silhouette, immobile dans le soleil.

– Stan, souffla Hélène, est-ce que je rêve ?

Sur la petite place qui s'ouvrait au bout de la rue, il y avait un cavalier.

– Ça ne m'a pas l'air d'être un fantôme, répondit le jeune homme en s'avançant. Hyacinthe, qu'est-ce que tu fais là ? Tu avais promis de repartir pour Tue-Loup. Mon oncle doit se ronger les sangs !

Sans même s'en apercevoir, Stan caressait maintenant la tête du boulonnais blanc tout en étudiant avec attention les signes mystérieux qui constituaient la réponse du garçon.

– Rien compris, décréta-t-il enfin. Tu essaies encore de me parler hébreu ?

Hyacinthe fit signe que non, pas du tout ! Et il sortit de sa chemise une feuille qu'il lui tendit.

Intrigué, Stan la déroula. Il y avait là-dessus des dessins représentant des mains avec les doigts dans différentes positions. Au-dessous étaient inscrits les lettres et les mots auxquels ces positions correspondaient.

– Ça alors, souffla-t-il. C'est le langage des signes pour les muets ?... Tu es allé à Paris ?

Les yeux brillants, Hyacinthe hocha la tête.

Un long moment, Stan contempla ces signes si simples et si compliqués et, comme Hyacinthe le désignait du doigt avec amusement, il reconnut :

– Tu as raison, je vais devoir moi aussi m'y mettre. Je comprendrai mieux ce que tu dis... Encore que je me demande souvent si tu ne fais pas exprès de nous embrouiller.

Hyacinthe eut un petit rire très gai.

– Tu as bien réfléchi ? questionna Stan d'un ton narquois. Si on parle la même langue, tu ne pourras plus me raconter de bêtises !

Le garçon arbora une moue faussement déçue.

– Alors c'est d'accord, décréta Stan. J'apprendrai ce langage.

– Moi aussi, affirma Hélène avec enthousiasme.

– Et moi, soupira Nazaire, je vais bien y être obligé. C'est mon palefrenier...

– Tu reviens donc avec nous à Tue-Loup ? demanda amicalement Stan.

– Je suis bien, là-bas ?

Hyacinthe fit quelques mouvements de main, en désignant tour à tour la feuille des signes et le cheval.

– Qu'est-ce que tu dis ? interrogea Stan. Tu veux savoir s'il n'y aurait pas quelque chose de semblable pour Révolution ? Quelque chose qui rendrait la vue aux aveugles ? J'ai peur que non. (Il lui adressa un clin d'œil.) Cependant, avec un fameux cavalier comme toi, futur premier postillon du relais de Tue-Loup, ce brave cheval ne risque rien.

Le visage de Hyacinthe s'éclaira brusquement, rayonnant d'une telle béatitude qu'Hélène prit la main de Stan et la serra.

– Tu vois, les mots sont souvent inutiles.

Un moment, ils restèrent là, à observer le garçon qui faisait tourner son cheval pour reprendre la route de l'est.

– C'est étrange, dit enfin Stan. Qui aurait dit que j'aurais tant de bonheur à tenir la main d'une femme recherchée par la police, en regardant un garçon muet sur un cheval aveugle ?

Et tous se mirent à rire.

TABLE DES MATIÈRES

EVELYNE BRISOU-PELLEN
L'AUTEUR

OÙ ÊTES-VOUS NÉE ?
E. B.-P. Par le plus grand des hasards, je suis née au camp militaire de Coëtquidan, en Bretagne. Ensuite, j'ai vécu au Maroc, puis à Rennes, puis à Vannes.

OÙ VIVEZ-VOUS AUJOURD'HUI ?
E. B.-P. Je suis revenue à Rennes faire mes études à l'université, je m'y suis mariée et j'y suis restée.

ÉCRIVEZ-VOUS CHAQUE JOUR ?
E. B.-P. Non. Il y a de longues périodes de documentation, pendant lesquelles je n'écris donc pas (sauf pour prendre des notes). En revanche, à partir du moment où j'ai commencé un roman, je m'y attelle chaque jour, de manière à bien rester dans l'ambiance.

ÊTES-VOUS UN AUTEUR À TEMPS COMPLET ?
E. B.-P. Oui. Mais le travail d'écrivain que je croyais être de solitude et de silence s'est révélé plus complexe : on me demande souvent d'aller dans les classes répondre aux questions de mes lecteurs, et là, point de silence ni de solitude.

QU'EST-CE QUI VOUS A INSPIRÉE ?
E. B.-P. Je ne pensais absolument pas écrire sur la période de la Révolution. Mon idée de départ est venue de la magie du mot « malle-poste ». J'ai eu envie de mettre en scène les postillons, les relais, les chevaux, les diligences… Seulement, la documentation m'a appris que la malle-poste a été mise en service en 1793, en pleine Révolution, et ma curiosité naturelle m'a donc obligée à aller voir de ce côté…

Evelyne Brisou-Pellen a déjà publié dans la collection FOLIO JUNIOR : Les aventures de Garin Trousseboeuf, illustrées par Nicolas Wintz : 1. *L'inconnu du donjon* - 2. *L'hiver des loups* - 3. *Le crâne percé d'un trou* - 4. *Les pèlerins maudits* - 5. *Les sorciers de la ville close.*
Le défi des druides, illustré par Morgan, *Le fantôme de maître Guillemin*, illustré par Romain Slocombe, *Le mystère Éléonor*, illustré par Philippe Caron.

LES AVENTURES DE GARIN TROUSSEBŒUF

L'INCONNU DU DONJON
n° 809

Les routes sont peu sûres en cette année 1354, et voilà Garin pris dans une bagarre entre Français et Anglais, et enfermé au château de Montmuran. Il y a avec lui un drôle de prisonnier, un homme dont personne ne connaît le nom. Garin découvre son identité. Hélas, cela ne va lui causer que des ennuis... surtout lorsqu'on s'aperçoit que le prisonnier s'est mystérieusement volatilisé.

L'HIVER DES LOUPS
n° 877

Poursuivi par les loups qui pullulent en cet hiver très rigoureux, Garin trouve refuge dans une maison isolée où vit Jordane, seule avec ses deux petites sœurs. Garin se rend compte que les villageois en ont peur, presque autant que des loups qui les encerclent. Mais il découvre bientôt que bien des gens ont intérêt à voir la jeune fille disparaître. Malgré les conseils de prudence, il prend pension dans la maison solitaire. Il ne peut pas savoir que, du haut de la colline, des yeux épient...

Le crâne percé d'un trou
n° 929

La bourse vide, Garin se rend au Mont-Saint-Michel. Le lendemain de son arrivée, une relique, le précieux crâne de saint Aubert, est volée. Le monastère est sens dessus dessous... Sans compter que frère Robert n'est jamais là où il faut et qu'il a égaré des documents qui vont se révéler fort importants. Le vieux moine disparaît et, quand on le retrouve, stupeur ! Est-il possible que le crâne de saint Aubert se soit vengé de si terrible façon ?

Les pèlerins maudits
n° 1003

Garin, le jeune scribe, est attaqué par des brigands et ne leur échappe que grâce à son imagination. Aussi, lorsqu'il croise un groupe de pèlerins en route pour Saint-Jacques-de-Compostelle, il se joint à eux sans hésiter. Pourtant, l'un d'eux vient de mourir dans d'étranges circonstances. Et le lendemain, un autre est trouvé mort avec, planté dans le cœur, le poinçon de Garin. Pourquoi ces mises en scène ? Et qui sera la prochaine victime ?

Les sorciers de la ville close
n° 1075

Derrière les remparts de la ville close, une étrange maladie fait des ravages. Dans la boutique de l'apothicaire, il se passe des choses bizarres. Riwal ment, Nicole ne se contente pas de laver le linge, Hervé fait de drôles de mélanges, le passeur envoie des billets inquiétants... tandis que la mort continue à frapper. Et s'il ne s'agissait pas d'une épidémie ordinaire ?

Le chevalier de Haute-Terre
n° 1137

Garin a été engagé par le chevalier de Haute-Terre pour rédiger ses chroniques. Il est alors entraîné dans des aventures incroyables : il manque de se faire piétiner par des cochons à Rennes, percer de flèches à Rochefort, assassiner à Suscinio. Suivre un chevalier n'est pas de tout repos, d'autant que l'homme est à moitié fou. Mais Garin peut-il l'abandonner ? Le jeune scribe a promis de l'aider à retrouver son fils, retenu prisonnier…

Le mystère Éléonor
n° 962

N'ayant plus aucune famille, Catherine décide de revenir à Rennes dans son ancienne maison. Un terrible incendie embrase la ville. Cernée par les flammes, blessée, elle perd connaissance… Éléonor se réveille dans un monde inconnu. On lui affirme qu'elle a dix-sept ans, qu'on est en 1721, et qu'elle a fait une chute de cheval. Elle ne se souvient de rien. Aurait-elle perdu la raison ? Qui est ce mystérieux tuteur, dont les visites l'effraient tellement ?

Le défi des druides
n° 718

Sencha, l'apprenti druide, revient en Armorique après une longue initiation dans l'île de Bretagne. Mais la fatalité s'est abattue sur le peuple celte, envahi par les troupes de Jules César. Pour venger les siens, pour sauvegarder le pouvoir des druides, Sencha décide de lutter contre l'envahisseur romain. Le torque d'or qu'il porte autour du cou, précieux talisman et symbole de l'ancienneté de son clan, lui apportera-t-il la force nécessaire à l'accomplissement de sa mission ?

LE FANTÔME DE MAÎTRE GUILLEMIN
n° 770

Pour Martin, l'année 1481 va être une année terrible. Il n'a que douze ans et vient d'arriver à l'université de Nantes. Au collège Saint-Jean où il est hébergé règne une atmosphère étrange. On raconte que le mystérieux fantôme de maître Guillemin hante les lieux. Certains étudiants ne sont pas tendres avec lui. Un soir, il est même jeté dans l'escalier par deux d'entre eux. Mais le lendemain, on retrouve l'un des étudiants assassiné…

Maquette : Karine Benoit

Loi n°49-956 du 16 juillet 1949
sur les publications destinées à la jeunesse
ISBN 2-07-054779-5
Numéro d'édition : 02958
Numéro d'impression : 56724
Dépôt légal : septembre 2001
Imprimé en France par l'Imprimerie Firmin-Didot, au Mesnil-sur-l'Estrée